魔豆

魔豆

請解開故事

謎底

MURDEREROFUS

04

花於景
著

請解開故事

謎底 MURDEREROFUS

04

目錄

CONTENTS

01 信仰

廟裡一片死寂，所有人都凍住了呼吸。

燈籠搖曳的微光照在那兩顆高掛的頭顱上，扭曲的面容在火光下顯得猙獰而詭異，彷彿仍在無聲地咆哮，怨恨和恐懼在他們死後依然纏繞不散。

「到底是誰殺了『它們』？」

「誰幹的？我們全部都會遭殃啊！」

信徒們一個個低聲驚呼，誰也不敢上前一步，甚至有人已經開始後退。

莊天然的目光落在掛著的頭顱上，瞪大了雙眼，他轉頭看向封蕭生，只見對方已經換上一身潔白的衣物，站在一旁，雙手抱胸，神情冷靜，眼神一如既往地平和，彷彿眼前這幕不過是預料中的一場表演。

莊天然緊繃著神經，聲音不自覺拔高：「規則不是不能離開房間嗎？」

「和紙紮人同住那天你也離開了，但不是好好的嗎？所以我猜這不是規則，只是那個冰棍，身爲一個母親，希望孩子早點睡吧。」他語氣平和得像是在談論天氣，臉上甚至帶著若有若無的笑意。

莊天然皺緊眉頭，胸口像是被什麼堵住了一樣，忍不住低聲斥道：「僅憑猜測，你就敢動手？」他心裡清楚，這裡是鬼怪橫行的世界，充滿了無法預料的危險和詭異，隨時可能因一個小小的失誤而喪命，普通人對冰棍都避之唯恐不及，可是封蕭生敢毫不猶豫地對它動手。

莊天然的思緒猛然被拉回第一關，那時候封蕭生也曾毫不猶豫地殺過冰棍，他總能找出對抗它們的方法，雖然難以相信，但他確實辦到了。

他相信封哥無論面對任何事都能迎刃而解，可是爲什麼，自己心中的不安始終無法消除？

莊天然閉上眼，試圖驅散腦中的陰霾，卻不由自主地想起那段往事——

那年，他和朋友計畫了五天四夜的旅行。出發前，他對室友說：「我走囉！你一個人沒問題吧？」室友笑了笑，露出一個讓人安心的神情：「別擔心。」

那是他最後一次看到室友活生生的樣子。

莊天然心頭猛地一緊，忍不住看向封蕭生，語帶急切地問道：「你說沒事，是真的沒事，還是在騙我？」

封蕭生微微一怔，隨即露出一抹似笑非笑的神情，眼中掠過一絲難以辨認的情緒。

「那麼，如果我死了，你要陪我一起走嗎？」

這句話聽似輕描淡寫，卻帶著從未見過的沉重和陌生，封蕭生的微笑如同深不見底的漩渦，將莊天然一點一點拉入無法言說的情感深處。莊天然怔在原地，像是被束縛住一般，竟無法回應。

封蕭生笑意微微加深，但很快便收斂了，彷彿剛才的話不過是一句無心的玩笑。

「別多想，現在最重要的是你被選中新娘這件事。」他輕輕拍了拍莊天然的腦袋，語氣既像是在催促，亦帶著安慰，輕巧地化解了剛才那股深沉的氣氛。

莊天然低下頭，視線落在自己現在的模樣——女人的身體，穿著大紅色的婚紗，頭髮長而柔順地披散在肩上。他無奈地想，這一關要是無法解開，他不只會死，屍體還不是自己的樣子，這樣火葬還算是火葬嗎……

莊天然正出神時，徐鹿走了過來，臉上寫滿了不耐煩，「那兩個冰棍確實已經死透了，沒再復活。」他一邊向封蕭生報告，一邊僵硬地瞥了莊天然一眼，似乎帶著些許掙扎，才低聲問道：「妳……還好嗎？」

莊天然微微一愣，隨即意識到徐鹿竟然是在關心自己。昨晚情勢混亂，他替徐鹿擋下了危險，但對方一向看自己不順眼，這就轉變態度了？

莊天然微微一笑，儘管沒人發現他的笑容，「我沒事。」

才剛說著，一縷頭髮滑落面前，差點吃進嘴裡，莊天然隨手撥了撥額前的長髮，無奈怎麼撥也撥不完，髮絲搔得臉頰發癢，他微微皺起眉頭，心中不禁納悶女生到底是如何忍受這麼長的頭髮？

「那個……」一聲輕柔的聲音從身旁傳來。莊天然轉過頭，看見林琪兒站在一旁，雙手緊緊攥著一個粉紅色的兔子髮圈，臉頰微微泛紅，「如果妳不嫌棄的話……可以用我的。」

莊天然愣了一下，看著和自己原本形象徹底不符的兔子髮圈，對上林琪兒微紅的臉，一時無法拒絕。他伸手接過那個透著少女氣息的髮圈，心中無比尷尬，儘管已經知道自己此刻在其他人眼裡就是個女孩，還是忍不住想……他真的適合這種東西？

「琪兒！」忽然，林父的怒吼聲從不遠處傳來，他面色陰沉地看著女兒，怒斥道：「妳怎麼能把自己的東西給別人？快回來！」

林琪兒被嚇得一縮脖子，腹部絞痛，捂了下肚子，連再見也不敢說，慌忙跑回父親身邊。

封蕭生看著林琪兒離去的背影，目光幽深不明。

林父看著女兒滿頭大汗，似乎察覺自己過於嚴厲，他梳理著女兒散亂的頭髮，稍稍緩和語氣提醒道：「妳不是說那是妳媽買給妳的髮圈嗎？妳不是最寶貝了，嗯？怎麼隨隨便便就給別人？」

林琪兒不敢回話，輕輕點了點頭。

「她爸有病吧？」徐鹿皺眉低語，語氣中滿是不滿。

莊天然嘗試綁上林琪兒好意給的兔子髮圈，然而，無論他怎麼綁，髮帶要不是滑落，就是歪了半邊。

就在他苦惱得不知該如何是好時，封蕭生接過了他手裡的髮圈，嘴裡叼著一根黑色橡皮圈，輕巧地撩起莊天然的頭髮，再熟練地繞成馬尾，最後套上兔子髮圈，確保兔子可愛的臉頰置於正中央。

「哇！老闆，您怎麼連這個都會？看來沒少幫老闆娘綁啊！」徐鹿讚歎道，隨即忽然想起不對，「老闆！現在不是綁頭髮的時候，老闆娘有危險了，您怎麼一點都不緊張？我們得想辦法快點破關……」

提起這點，莊天然不免心中一凜，徐鹿說的沒錯，他們必須盡快找到破關的方法。他腦海中不斷回憶這段時間以來的所有細節——無頭神的儀式、新娘的命運、林氏父女的異常行為。

徐鹿緊咬牙關，恨恨地說：「該死！為什麼還是找不到關鍵線索？昨天我們都把村民家翻遍了，連廟裡都搜過，墮胎藥到底藏在哪裡……」

封蕭生的目光落在莊天然身上，似乎帶著一絲引導的意味。莊天然一時無法讀懂他眼中的深意，卻隱隱感到封哥在暗示著他去深思，去發覺隱藏在細節間的眞相。

莊天然深吸一口氣，強迫自己冷靜下來，先撇除生死關頭的恐懼，仔細回憶著一路上經歷的每個細節。結果，一個令人不安的猜想竟眞的慢慢浮現，讓他感到心底發寒——

「林父不可能記得自己是凶手。」莊天然低聲說。

徐鹿一愣，下意識問：「爲什麼？」

「他剛進關卡，還沒找到任何線索，怎麼可能這麼快就想起所有案件細節？凶手確實有可能透過熟悉的場景想起自己曾經行凶，但他怎麼會連關鍵線索都那麼清楚？」

徐鹿瞬間恍然大悟，「對吼！我怎麼沒想到！如果凶手隨便就能想起關鍵線索，那家屬根本不用玩了啊！這麼說……難道他在撒謊？」

莊天然點了點頭，「他可能是在替人頂罪，或者掩蓋某些事。」

「他會替誰頂罪？」徐鹿若有所思地問。

莊天然和徐鹿對視一眼，兩人心中同時浮現猜測——林琪兒，或是師父。

徐鹿喃喃道：「林琪兒畢竟是被迫懷孕，有可能出於怨恨殺死孩子，但師父爲什麼要殺嬰？因爲邪教儀式？開頭不就暗示我們祭拜嬰兒，所以案件未必是強暴案，也可能是邪教案……啊！怎麼這麼複雜，我的腦袋要爆炸了！」徐鹿揪起頭髮。

莊天然安撫道：「可能性太多，先別隨便猜測，找到證據再說。」

莊天然看著林琪兒，嘆了口氣。他眞心不希望兇手是林琪兒，嬰兒是無辜的，但她自己同樣是受害者。

這時，莊天然敏銳地感覺空氣中的壓迫感陡然增強，強烈的第六感告訴他——有什麼即將現身。這是莊天然從未有過的感覺，他不自覺看向封蕭生，封蕭生朝他露出一個肯定的笑容。

「你會越來越上手的，然然。」

莊天然知道這代表自己有所進步，忍不住感到一絲喜悅。

「感謝無頭神！讚歎無頭神！」即便無頭神還未正式現身，信徒們一個個虔誠地跪倒在地，他們的呼喊此起彼落，像是在進行某種儀式。師父站在他們中央，神情嚴肅且專注，宛如一個掌控眾人靈魂的教主。

他雙手高舉，低聲道：「末世即將到來，信仰是唯一的出路，請保持虔誠。」

信徒們紛紛磕頭，眼神狂熱，彷彿此刻他們的生命全然寄託於無頭神的恩賜。

明明昨天他們才剛目睹血腥的殺戮，卻依然跪地膜拜，像是只要祈求就能得到神的寬恕。

莊天然盯著那些虔誠的面孔，心中泛起一陣寒意。

師父用打火機點燃了一張紙往香爐扔，遠看像是照片。

照片？是關卡一開始的女人照片嗎？

師父忽然回頭，含笑的目光掃過莊天然一行人，朝他們伸出邀請的手勢，「師弟們，過來一起祈福吧。」

莊天然還沒回話，封蕭生回以一笑，伸手摟住莊天然的肩膀，親暱得如同情侶般，低聲說：「他就是我的信仰。」

師父和在場的信徒們愣了一瞬，信徒們交頭接耳，眼中滿是困惑。對於封蕭生來說，這些人的困惑毫無意義，他只是保持著那副懶散而挑釁的微笑。

莊天然無奈，小聲道：「別拿我當擋箭牌。」

封蕭生一臉無辜，眨了眨眼，滿臉寫著：我沒有。

師父看著燃燒的香爐，火光在他臉上忽明忽滅，看不出情緒。

莊天然深吸一口氣，看向牆上的大鐘，時間已經臨近八點，他不能再耽擱，必須要盡快解開這個關卡。他再次將目光移回空著神像的神壇，試圖從雕塑的細節中找出蛛絲馬跡。

「儀式一：姻緣相配，笑看對眼。」

「儀式二：花好月圓，送入洞房。」

「儀式三：交頸鴛鴦，子孫滿堂。」

「儀式四：珠聯璧合，白頭偕老。」

莊天然反覆查看神壇下方刻著的文字。

這些儀式乍看像是尋常的婚禮流程，但在這個詭異的世界裡，顯然不會如此簡單。

他思索著，突然產生一個疑惑：無頭神爲什麼要殺死新娘？

從無頭神的角度，應該會很歡迎這個被選上的新娘才對……或許，這有兩種可能：

一、無頭神並非眞心想舉行婚禮。

二、新娘破壞了儀式，惹得無頭神不悅。

莊天然將自己的困惑告訴封蕭生，封蕭生若有所思地說：「我和一個村民聊過天，他說婚禮一直都很順利，不停嘮叨說是我們來之後才變了樣。」

莊天然震驚地斜看著一臉稀鬆平常的封蕭生。您大佬什麼時候跟村民聊天的？他們還跟您抱怨？

封蕭生道：「也許死亡的條件並不是被選爲『新娘』，而是她們在第一場儀式中犯了錯。」

犯了錯？睜開眼會死，不睜開眼活到最後也會死，到底犯了什麼錯？

莊天然陷入苦思。他知道，光憑推測無法保證安全，他必須找到更多的線索。

「今天早上我們搜遍了住處，但什麼都沒找到。」莊天然說道，語氣中透著失落。

整個關卡只有兩個地點，村民的住處和無頭神廟。他們已經確認過每間住處的格局皆相同，且其他信徒也表示並無線索，那麼唯一的可能便只剩下廟裡，而廟裡還有一個地方他們從未進入——他的目光落在神壇旁邊那扇緊閉的木門上。昨晚進行完第一場儀式後，這扇門曾自動打開，封哥試圖進入，只是當時被打斷。這扇門後到底有什麼？

「花好月圓，送入洞房。」封蕭生說道，「迎接新娘的下一步是進洞房，然然，你想起什麼了嗎？」

「洞房……」莊天然一愣，隨即恍然大悟，「『進入洞房』！原來如此，必須要進入洞房，新娘才能睜眼！」他幾乎是脫口而出。

古代婚禮有一個習俗，在新娘入洞房前，不得隨意掀開蓋頭，因此那些新娘會死，有可能是這個原因。

封蕭生點了點頭，嘴角勾起一抹微笑，「你終於發現了。」

莊天然腦海中的謎團逐漸拼湊成形，他進一步推測道：「所以，並不是完成第一個儀式就能安心，而是要接續著完成第二個儀式……這四道儀式，根本不是四個獨立的關卡？」

莊天然這才恍然大悟，原來他們一直都搞錯了，從頭到尾就只有一個關卡！

如果新娘無法在有限的時間內完成所有儀式，那麼就會被判定失敗。

「不過我還有一個疑問，如果活著的條件是要完成所有儀式，那第一關爲什麼不能睜開眼睛，和無頭神『看對眼』？」莊天然想不明白。

封蕭生笑了，「難不成你眞的想和無頭神完成婚禮？」

「嗯？」

「我們必須進行每一場儀式，又不能全順著內容，否則就會被無頭神帶走。」

莊天然被繞暈了沒聽懂，相較闖關經驗較多的徐鹿雖然大腦不好使，但這回反應了過來，「我知道了！我們要鑽漏洞對吧？比方說第一個儀式，無頭神看上新娘，但新娘不看它，可以說是隔著『面紗』；第二個儀式，新娘進入洞房，但要想辦法避開和無頭神眞的洞房，對嗎？」

封蕭生點頭，徐鹿衝著莊天然挑眉，一臉得意：「鑽漏洞這種事我最會了！買飲料的時候我都叫店員多給我一點珍珠，這樣我就不用花錢買兩份了，哈哈。」

莊天然皺眉，一臉不認可，徐鹿看著莊天然的表情，默默挪開了目光。

徐鹿想了會，突然發現不對，「等等，老闆，您早就發現解法了!?」

封蕭生說：「昨晚來廟裡看了一眼。」

「不是，老闆娘性命堪憂，我和她整個早上緊張得要命，您昨晚就知道解法卻不說？您是有什麼虐待狂癖好……呃，您好像本來就有，總之，您怎麼可以這樣對她！」

徐鹿忍不住替莊天然打抱不平，即使他很崇拜老闆，但也不能容許老闆欺負女人。

莊天然沒想到徐鹿會這麼說，雖然感謝他擔心自己，但同時也有些無奈，他知道自己現在這幅模樣很難說服徐鹿自己是男人，於是只好說：「我說過了，我不是老闆娘……還有，封哥沒理由告訴我答案，既然想加入組織，就必須學習自己判斷的能力……」

「您看！老闆娘到現在還在替您說話！她對您情深意重，您怎麼能這樣對待人家!?」徐鹿氣呼呼地指責封蕭生，彷彿封蕭生犯下了不可饒恕的罪行。

莊天然：「……」

「哈哈哈！」封蕭生難得地大笑，甚至笑得眼淚都流出來了，讓莊天然和徐鹿不明所以。

封蕭生揩去眼角的淚，笑著說：「然然，不用解釋，他不會相信的。」

「爲什麼？」莊天然困惑。

「因爲我不會解釋，所以他不會信。」封蕭生莞爾道。

莊天然更加困惑了。

封蕭生笑了笑，揉了揉莊天然的頭髮，「眞的不怪我沒早點告訴你答案？」

莊天然搖頭，封蕭生原以爲他會說「因爲自己本來就應該爲早日融入組織而努力」，沒想到，莊天然卻注視著封蕭生的雙眼，無比鄭重地說道：「封哥，你要記住，我的命不是你的責任。今後不管發生任何事，都是我自己的選擇，不是你的錯。」

封蕭生頓了下，心想：莊天然果然是這世上最了解他的人。

封蕭生藏起內心的想法，揚起一貫的寵溺笑容，教人分不清真假：「傻瓜，你應該相信，我永遠不會放著你不管。」

無緣無故吃了一波狗糧的徐鹿：「……」我是不是多管閒事了？

就在他們對話間，信徒們的祈求聲達到了頂點。神壇似乎在這股狂熱的聲浪中微微震顫，彷彿有什麼即將被喚醒。

莊天然看了眼時間，剩下五分鐘，婚禮即將開始。

「如果只有『新娘』能進門？那你們怎麼辦？」莊天然問。

「做個測試。」封蕭生說：「你進門後不要關門，如果門自動鎖上了，那就代表只有你能進去，而其他人就會像昨晚一樣，再次入住村民的住所。」

莊天然看向那些仍在跪拜的信徒們，「如果所有人都能進門，那他們呢？」

徐鹿見情況不妙，趕緊插嘴：「不能告訴他們！要是這扇門是唯一的出口，妳知道會發生什麼事嗎？所有人會全部擠在門口，誰也出不去！」

莊天然沉默，靜靜地看著徐鹿。

徐鹿與莊天然對視幾秒，摀住臉，崩潰道：「嗚啊……我就知道！我怎麼這麼怕妳這個眼神？肯定是得PTSD了……」接著他和莊天然一起走向正在帶領信徒祭拜無頭神的師父，將其帶離，解釋目前的情況。

莊天然站定在師父面前，用一貫沉著有力的嗓音說道：「師父，我們需要所有人配合，不要睜眼，一起走進那扇門。」

師父聽完莊天然的解釋後，眉頭微微一挑，眸裡閃過一絲驚訝，隨即露出恍然大悟的模樣，如同所有疑惑瞬間得到解答。

「感謝這位莊師弟的告知，爲師自有安排。」師父的笑容絲毫未變，顯得冷靜而從容，卻讓莊天然隱隱感到不安。

莊天然暫時壓下擔憂，他知道現在不是懷疑的時候，因爲必須由師父出面，才能控制住信徒們，避免恐慌蔓延。

「各位信徒們注意了！」師父的聲音洪亮而威嚴，吸引所有信眾的目光，「我已找到出路！待會只要聽從我的指示行事，便能離開這個詛咒之地！」

信徒們聽見這話如蒙大赦，眼中閃爍著狂喜與感激，不停道謝：「感謝師父救命！感謝眞神庇佑！」所有吼聲交織在一起，如浪潮般此起彼伏。

徐鹿忍不住小聲向莊天然吐槽：「明明是老闆想出的方法！」

莊天然無奈一笑，此時也只能這麼做，他們才不至於陷入慌亂。

師父微笑點頭，舉手示意大家安靜。

「我乃人間唯一眞神，自會獲得蒼天指示。現在，請蒙上眼睛，手牽手，跟隨我走。」他從懷裡掏出一疊白布條，交給最前排的信徒，讓他們逐一分發給其他人。

林父和其他幾名信徒從師父手裡接過白布條時，神情難掩狂喜，「蒼天顯靈了！蒼天顯靈了！」

林父高舉著白布條，只見上頭畫著一個黑色的圓形符號。

徐鹿低聲問莊天然：「那什麼東西？是他自己畫上去的嗎？」

莊天然也不解，這時，封蕭生提醒道：「看他們胸口的護身符。」

莊天然一開始並沒有注意到信徒們身上的護身符有何古怪，現在仔細一看，確實看見每塊護身符上都有一個黑色的圓形圖案。

「那是他們修煉堂的標誌？」莊天然問。

封蕭生聳肩。

師父對眾信徒們高呼道：「白布已承載了玉盤的神聖之力，皎潔的光芒將引領我們穿越黑暗的深淵！」

在場信眾反應異常激動，興奮得跪倒在地，再次磕頭致謝。

徐鹿問：「啊？你們有人聽懂他在說什麼嗎？」

封蕭生了然，雙手抱胸，點頭道：「原來是月亮符號，畫技有待加強。」

莊天然：「……」

此時原本看來正常的人們全像著魔一般，眼神瘋狂，嘴裡唸起一串音節古怪、聽不懂單詞的咒語。

林父更是脫下上衣，指著身上的黑痣吼叫：「看啊！偉大的師父，人間唯一真神賜予我的印記！」他的神情中充滿了狂熱與自豪，就像身上的痣是神靈與他之間的連繫。

莊天然愣了愣，忍不住低聲問徐鹿：「痣不都是長那樣嗎？」

徐鹿捂住莊天然的嘴，「噓！別讓他聽見，他已經瘋了！」

大多人都是虔誠、感激地收下白布，唯有一人例外。

林琪兒一看到那枚宗教符號，臉色頓時變得慘白，像是見到了某種不可名狀之物的恐懼。她尖叫一聲，猛地把手中白布丟在地上，像是白布淬有劇毒。

「妳怎麼可以對神明不敬！」林父勃然大怒，激動中還不慎撞到了自己女兒，只顧著衝上前撿起白布。

林琪兒捂著發疼的肩膀，接著便被父親抓住手腕，強行將白布塞回她手中。父親的眼神嚴厲而火爆，彷彿這是無可饒恕的褻瀆。

林琪兒全身顫抖，眼中的淚水像崩潰的堤壩，無聲地滾落下來。她的雙手不住顫抖，注視著白布上的記號，就像望見心底最深的恐懼：「不要……我不想戴……我、我不要……」

林父怒不可遏地道：「這是爲了妳好！戴上！」

林琪兒望著父親，感到了深深的絕望，因爲她從來沒能抗拒父親的命令。她顫抖著，緩緩將白布戴上，淚水迅速浸濕了那條布。

莊天然原本想幫忙，被徐鹿拉住，「快八點了，之後再說。」

莊天然抬頭，只見離八點剩下兩分鐘，儀式已將開始，任何多餘的舉動都可能惹來更大的痲煩，畢竟這攸關所有人的命。

莊天然按捺衝動，深深嘆了口氣，「不知道她到底怎麼了……」莊天然一直很想幫助她，但無奈林父的管束讓他無法輕易接近。

「她肯定知道什麼，別對她放鬆戒心，在這裡會隱瞞事情的人，多半都不是無罪的。」徐鹿冷冷地說。

莊天然雖然明白這個道理，但依然堅持著：「在判決結束之前，我們都沒有資格評判，因爲我們是局外人，很難知道背後眞正的原因。」說著，他又回頭看了眼林琪兒，剛好見到林父偷偷側身叮嚀林琪兒：「乖寶貝，待會不管發生什麼事，妳都要跟在爸爸身後，別讓我找不到妳。」他的語氣中帶著擔憂和焦急，摟著林琪兒，再三叮囑：「跟緊一點，知道嗎？」林琪兒含著眼淚，點了點頭。

林父雖表面嚴厲，私底下對林琪兒似乎很疼愛。莊天然稍稍放下心。

隨著八點鐘聲響起，一股無形壓力瞬間瀰漫整間廟宇。原本空著的神壇出現了變化，無頭神從底座中央伸出一隻手，緩緩地爬出來，發出了沙沙的摩擦聲，彷彿它的石雕外殼正在逐漸剝落。信徒們紛紛驚恐退後，不敢再靠近。

無頭神坐定，緩慢地舉起了手指，如同昨天那般，開始倒數。手勢雖然簡單，卻讓每一個人心中掠過一股寒意。

莊天然站到木門前，等待倒數結束的那一秒，閉上了眼睛。

眼前陷入黑暗，那一刻一切都變了，比單純的閉眼更加漆黑，如同被黑暗吞噬，進入另一個空間。

四周一片寂靜，只剩自己紊亂的心跳聲。

莊天然伸出手，卻發現握不到門把。

他不斷往前抓握，甚至走了幾步，雙手依然撲空。

怎麼回事？爲什麼沒有門？門呢？

無論怎麼抬腳向前走，手上、腳尖都觸碰不到任何東西，宛若踏在空無一物的空地上。

莊天然很確定自己閉眼前就站在門的正前方，但此刻已無法睜眼確認——這正是關卡的陰謀。

巨大的恐懼在他腦海中蔓延。

這個關卡，果真沒有這麼簡單。

02 洞房

莊天然陷入深深的猶疑，雙手不自覺微微顫抖，雖然知道絕對不能睜眼，卻難以壓抑內心的恐懼與掙扎。他深吸一口氣，提醒自己不能被情緒左右，這是一個關卡，一定會有解法。

他一步步向前挪動，雙手在空氣中摸索，卻頻頻撲空——明明門應該就在眼前，卻像是被無形的力量推遠了。

心中的不安像潮水般湧上來，還未平靜，一道詭異的聲音忽然出現。

「往左走，還是往右走呢？嘻嘻嘻……」女人的聲音像耳語般貼在他的耳畔，拖著尾音，笑聲異常刺耳，如同刀子劃過金屬般尖銳。

明明是人類的聲音，語氣卻如無機物般冰冷，像是一台刻意模仿人類的機器，音調怪異，更讓人感到毛骨悚然。

又是那個女人！

莊天然認得這個聲音，打從進入關卡後，女人便一直環繞左右，彷彿一雙隱藏在暗處的眼睛，冷冷地注視著他的一舉一動。

莊天然喉嚨發緊，手心冷得像冰。找不到門已經夠緊張了，女鬼還很有可能就站在身旁，自己還不能睜眼，感覺眞是糟透了。

莊天然渾身隱隱發顫，額前落下冷汗，一時不知該如何是好。

這時，女人突然「好心」給予了提示：「對了，向右走吧……向右走啊。」

莊天然的理智告訴自己：不要走右邊，這是陷阱。

然而，內心的另一個聲音卻悄悄冒了出來——萬一只有按照這聲音的指引，才能找到出路？萬一這不是陷阱，而是破關的線索？

內心的糾結成了一張巨大的網，讓他的思緒困在其中，遲遲無法擺脫。

「向右走……向右走啊……你爲什麼不向右走？」女人的聲音忽然急速拉近，莊天然能感受到她如同冰塊般貼在頰邊的寒意，「你，不相信我嗎？」

莊天然一陣惡寒，雞皮疙瘩從腳底蔓延而上。

怎麼辦？到底該怎麼做？

莊天然緊閉著眼，回想起封蕭生淡定而從容的臉龐。

不，這不是冰棍第一次騙人，昨天也是這樣的，冰棍會趁人們失去視覺、判斷力不足的時候，蠱惑人們踏入陷阱。

莊天然咬著牙，心想：如果眞的是往右走，女人爲什麼要用威脅的方式強迫他就範？又或許，這是反向操作才故意告訴他往右走？無論自己選擇右邊還是左邊，都可能是死路。

「不……我不會被騙的。」他低語，聲音沙啞卻堅定。

莊天然閉緊了眼，堅決地大步往前走！

門就在前面，絕對不能相信任何話！

他不再猶豫，這一次他選擇相信自己的直覺，不再理會那女人的聲音，用盡全力向著原本應該存在的門往前奔跑。

耳邊的聲音變得猖狂起來，那女人的聲音尖銳如刀：「你會後悔……你會後悔！」

莊天然沒有再動搖，他閉上雙眼，憑著信念，堅定地向前邁步。

一步、兩步、三步……莊天然的胸口劇烈跳動，心跳如擂鼓，眼前的黑暗似乎漸漸鬆動，微光從前方刺入眼皮。

他沒有停下，心跳加速，汗水滑落，拚命將手往前伸，直到指尖終於觸碰到一面牆，熟悉的木質紋理讓他心頭一震，再往下握，門把冰冷的觸感傳來。

是門！

莊天然緊緊握住，深吸一口氣，轉動門把——「喀。」伴隨著木門被打開的聲音，一股線香的幽香迎面而來，微溫的空氣撫過他冰冷的臉頰，讓他那顆緊繃的心稍稍放鬆了下來。

他一腳踏進門內，隨著室內柔和的光亮慢慢溫暖他冰冷的臉頰，遲疑了片刻，他緩緩睜開眼睛。

紅色的床幔隨著微風輕輕飄動，沙沙作響，如遠處的低語在耳邊響起。微弱的燭光將影子映在牆上，搖曳的火焰照得床幔昏暗如血，光線照不亮房間，反而讓四周更顯幽深。房內空無一人，只有如死一般的寂靜，以及陰暗氣息籠罩，這卻讓莊天然徹底放鬆下來。

終於到了！

莊天然回過神來，視線掃過四周。這是一間破舊的新房，曾經鮮艷的紅漆如今斑剝脫落，牆磚潮濕，散發出淡淡的霉味，帶著一股年代久遠的腐朽氣息。房間中央擺著一張圓桌，兩只破碎的酒杯斜倒在桌面，覆著厚厚的灰塵，顯得冷清而詭異。紅色的幔帳垂落在床四周，昏暗的燭光下，隱約映出一張雕花大床的輪廓。

床鋪上，被子高高隆起，像是有什麼藏在裡面。

莊天然內心生出不好的預感，再仔細一看，脫線的被子邊緣竟隱約露出一隻蒼白的手，手指被剝去了指甲。

是屍體？還是冰棍？

莊天然僵在原地，眼神無法從那隻蒼白的手上移開。

毫無血色的肌膚帶著一種不應該存在於這個世界的蒼白，它靜靜地伏在被子外緣，好像在動，又像是沒有。

莊天然緩緩走向床鋪，喉嚨不自覺地收緊，彷彿有什麼無形的力量拖引著他前進。

他有股直覺——那個東西在等待他靠近，等待他掀開那層被子，看清裡頭存在的真面目。

莊天然喉嚨發乾，嚥了口唾沫，告訴自己不能退縮。

他的手顫抖著慢慢伸向被子，掌心冰冷而潮濕，指尖剛剛觸碰到被角，便感覺到一股寒氣順著他的手臂傳來，然而，就在他即將掀開被角的那一刻——

一陣冷風灌進屋內，燭火跟著猛烈搖晃，身後傳來一道慵懶的聲音：「別心急，新郎來了。」語氣像是在開玩笑，卻又帶著幾分肅穆。

莊天然聽見封蕭生的聲音，如同被釋放了一般，緊繃的神經頓時鬆懈下來，再次回過神時，床上的手竟已縮進被子裡，彷彿從未出現過。

除了被子依舊高高鼓起，詭異而靜默，像是在等待什麼。

「還眞會躲。」封蕭生冷笑。

莊天然回頭看封蕭生，「你也進來了？」

封蕭生點頭，「看來實驗成功了，其他人也能進來。」

莊天然問：「徐鹿呢？」

封蕭生的回覆卻是答非所問：「我來就好。」

莊天然一開始沒明白他的意思，愣了一會，結合這段時間和對方一同闖關的經驗，以及自己的猜想，他忽然意識到眞相——「打從一開始，就只有新娘要『進洞房』，其他玩家根本不用進入，對不對？」

封蕭生專心研究斑剝的牆紙，沒有回答。

莊天然心裡明白，昨天他們沒有被選上成爲新娘，所以沒進木門也沒導致死亡，因此可以推斷，只有被選爲新娘的人要進入洞房，其餘人則是可以返回村民住處，而新娘會在洞房內經歷重重考驗，若是活下，關卡也許就能解開，若是死亡……隔天又會重新回到第一個儀式，再挑選出下一位新娘。

封蕭生早已明白這些，只是爲了保護他，所以獨自跟了進來。

莊天然擰起眉心，「我不是說了，我的命跟你無……」

封蕭生打斷他，「我也說了，只要有我在，你不用這麼勇敢。」他的聲音平靜而有力，似乎是再自然不過的承諾。

莊天然望著封蕭生，封蕭生回以一笑，溫柔的眼神中卻透著一絲讓人無從反駁的堅決。莊天然內心十分複雜，他不想害了對方，卻也不得不承認，看見對方的那一刻，心中那股沉悶的壓力驀然減輕了不少。

他忍不住微微嘆息，沒有再開口反駁。事已至此，只能盡快在時間內完成儀式，才不會害了彼此。莊天然的視線回歸到那床被子。

封蕭生跟著瞥了一眼鼓起的被子，「看清楚剛才的手了嗎？」

「看見了……」莊天然皺眉，語氣低沉，「雖然指甲被剝掉了，看不出原本是不是擦著指甲油，但手指的形狀和燕燕一模一樣。」

封蕭生聞言輕笑了一聲：「然然，你這次學會觀察了。」

「你告訴過我很多次，我總該學會了。」莊天然無奈道。

他知道在這個詭異的世界裡，任何細節都可能成爲關鍵，所以不能放過每一個可疑之處。他本想掀開被子看得更清楚一點，但封蕭生在他伸手的瞬間攔住了他。

「別掀。」封蕭生聲音壓低。

莊天然問爲什麼，封蕭生卻沒有多解釋，只道：「第二堂課——有些答案不重要，重要的是要活著。」

莊天然這時還不明白，後來他才知道，每一個細節都有其深意，每一個動作都可能引發無可挽回的後果，有些真相註定無法揭開，有時候，保持無知，才是活下去的唯一方式。

「儀式二完成了，儀式三『交頸鴛鴦，子孫滿堂』……這是什麼意思？」莊天然左顧右盼，除了床上鼓起的被單外，其實沒有異常。

封蕭生聞言，嘴角勾起一抹意味深長的笑意：「你覺得呢？」

莊天然愣了一下，隨即陷入沉思。

單看字面上的意思……總不會真的要生孩子吧？

莊天然甩開荒唐的想法，腦海快速回放從儀式一開始的所有細節。

每次他們採取的動作，表面上看似在完成儀式，但事實上處處與規則擦邊——從他們避開無頭神的目光，再到不讓無頭神將新娘送入洞房，而是自己主動進入，每一個舉動都是在間接躲避危險，而非完全服從儀式的安排。

「我們一直在進行儀式，但又不完全遵守它的規矩……」莊天然低聲呢喃，像是在思索，也像是在自言自語，「不過，就算知道不能完全按照儀式，但也不能確定擦邊球的定義，做得太過會違規，完全遵守會被帶走……太冒險了。」

然而，事實就是只能透過不斷嘗試，找出無頭神的底線在哪，才能確定破解關卡的方法。

「交頸鴛鴦、子孫滿堂——」莊天然頓了頓，望向桌上傾倒的酒杯，「難道是指要進行婚禮的儀式，例如交杯酒？」

封蕭生瞇起眼睛，像是對莊天然的推測十分滿意：「如果我們假扮新婚夫婦，走完形式，說不定就能騙過無頭神。」

莊天然想起傳統祭拜儀式中，也有類似表演給神明看的習俗，說不定這招真的管用，能讓無頭神認爲婚禮已成？

莊天然深吸一口氣，緊張的心情稍稍緩解，但仍不敢完全放鬆。他轉頭看向封蕭生，目光中帶著一絲不安：「這樣眞的能行嗎？」

封蕭生笑意不減，眼神中閃過一絲無所畏懼的自信：「試試就知道了，我在，不怕。」

莊天然向來對封蕭生的話深信不疑，他問道：「所以，下一步？」語氣中帶著一絲決斷。

封蕭生向前一步，摟住他的肩膀，語氣如同羽毛般輕柔：「我們演得像一點。」他專注的神情讓莊天然感到困惑，不過依舊放心地將自己交給對方。

「儀式三，交頸鴛鴦。」封蕭生低頭湊近莊天然的頸部，將兩人的距離縮短到幾乎貼合的程度，鼻尖微微觸碰到敏感的脖子。

「封哥？」

「你知道『交頸』真正的含意嗎？」封蕭生的聲音低沉而富有磁性，帶著一絲無法抗拒的誘導。

「嗯？」莊天然雖然不明白，但古怪的氣氛讓他忍不住嚥了口唾沫。

封蕭生輕笑一聲，「別緊張，只是演戲，不會真發生什麼。」

莊天然仍然有些摸不著頭緒，臉頰卻不由自主地泛起微微的熱意。封蕭生明明什麼也沒說，但空氣中那若有似無的曖昧，讓他不自覺地屏住了呼吸。

他聞見了封蕭生身上的淡淡香氣，是記憶中熟悉的味道，似乎曾在哪裡聞過……

明明正在緊要關頭，隨時都可能命懸一線，自己竟然在這麼重要的時刻分神。莊天然握緊拳頭，強迫自己冷靜下來。

封蕭生挪開身子，伸手搭在莊天然的衣領，輕輕一拉，莊天然感覺到胸膛一陣涼意。兩人的臉部靠近，呼吸交纏在一起。

「只是走個過場。」封蕭生輕聲說道：「準備好了嗎？」

莊天然愣了片刻，下意識地捏緊了衣角，緊緊閉上眼睛，便聽見封蕭生的笑聲低低響起：「怎麼我說什麼你都信？」

嗯？

封蕭生的笑聲還沒完全散去，牆面忽然響起一陣破裂聲，彷彿什麼巨物撕開了房間的牆壁，下一秒，濃濃的腐臭氣息如潮水般湧來。

砰！無頭神破牆而入，伴隨著低沉而沙啞的呻吟聲，宛如來自地獄的呢喃。它的身軀詭異扭曲，肩膀上雖無頭顱，卻盤繞著無數脖頸，互相纏繞糾結，表皮蒼白臃腫，如同沒有骨骼的毛蟲般蠕動，布滿了整個房間的每個角落。

「嘻嘻嘻……」一聲尖銳的笑聲在空氣中飄蕩，令人毛骨悚然，緊接著傳來細微而撕心裂肺的哭泣聲。

無頭神沒有頭，理應無法發出聲音，莊天然低頭一看，看見無頭神的腹部竟爬滿了人臉，蒼白的面孔猙獰，因痛苦和恐懼而扭曲，神情又哭又笑。無論是大人還是孩童，那些臉全是死去玩家的模樣。

「果然，我動了它的『新娘』，它就來了。」封蕭生的嗓音冷靜中帶著一絲嘲弄，「跑！」

跑？莊天然的腦袋裡像被塞滿了棉花，根本來不及思考。

跑去哪裡？這個房間就這麼大！

正當他僵在原地之際，只見封蕭生一個俐落閃身，避開無頭神四處纏捲的脖子，靈活地繞到它的身後。封蕭生眸色冷靜，沒有絲毫猶豫，宛若一條敏捷的蛇，迅速穿過無頭神破牆而出的那個大洞。

「快跟上！」封蕭生在洞口回頭，朝莊天然低喊。

莊天然渾身一震，這才從震驚中回過神，顧不得多想，拔腿便朝大洞跑去。

無頭神見撲了空，很快再次展開襲擊，像觸手般的脖頸想要攔住逃跑的新娘。莊天然身子微側，以極小幅度閃開了詭異的脖頸。沒有遲疑，他一頭鑽進了破洞。

冰冷的空氣撲面而來，房外是一條狹長的走廊，幽暗而漫長，牆壁是斑剝的灰色水泥，彷彿多年未曾維護，如同奔跑在乾涸的下水道中。

莊天然顧不得其他，只能拚了命地跟著封蕭生往前衝，背後的風壓和詭異的嘶聲交織在一起，他清楚地感受到無頭神正緊追不捨，那些纏繞的脖頸在黑暗中張牙舞爪。

「嘻嘻嘻……」

身後的聲音彷彿緊貼在背，眼前黑得不見盡頭，封蕭生的身影卻在前方清晰可見，如唯一的光芒指引著他。

說到光……莊天然忽然想起自己生命裡那道最重要的光芒，與剛才封蕭生身上熟悉的氣息，猛地將他的思緒拉回過去。

他想起來了！這個香氣，他不會認錯！

雖然味道極為細微、容易忽略，卻融入他生命中很多年，早已熟悉得刻在心底——是室友的味道。他怔了一下，腦海中浮現一個令人匪夷所思的念頭：難道封蕭生和他的室友用的是同一款香水？

莊天然眉頭微微皺起。在這種恐怖的地方還會有人有閒情逸致噴香水嗎？不，如果是封哥，好像有可能。

熟悉的味道在他心中激起一陣微妙的波瀾，但眼下他無暇細想。危急時刻，思緒無法再停留在這些瑣碎的疑問上。

無頭神的脖頸摩擦牆壁的聲音越來越近，沉悶的沙沙聲讓莊天然繃緊神經。他知道，現在不是分心的時候，眼下只有一條路：繼續跑，活下去。

他深吸一口氣，將所有疑問和不安壓在心底，逼迫自己集中精神——活著，才有時間解開這些謎團。

這次，他一定要好好問封哥，他和室友的案子到底有什麼關聯。

03 活著

兩人不知跑了多久，走廊依舊深不見底，彷彿永無止盡，但他們的體力終歸有限，莊天然心裡漸漸產生一個疑問——這地方有出口嗎？

「跟得上嗎？」封蕭生在前方隨意回頭瞥了一眼，呼吸穩定如常，就像這場追逐僅僅是一場無關緊要的遊戲。

莊天然點了頭。

「沒想到無頭神這麼急著接你進洞房，還眞是有情有義。」封蕭生微笑著，語氣卻帶著嘲諷。

莊天然隱約察覺到對方似乎不開心，困惑地問：「怎麼了？」

封蕭生笑了笑，「別擔心，它只是沒搞清楚，你是誰的人。」

莊天然總覺得自己和封哥的思考常常不在同一條線上，疑問沒得到解答，困惑不減反增。

無頭神的身影在背後緊緊追著，那些脖頸如活物般滑動，在黑暗中不斷逼近，莊天然拚命往前跑，但感到力氣一點一點地被消耗殆盡。

他心知再這樣下去不是辦法，正要開口詢問封蕭生，前方的人卻忽然抬手示意安靜：「噓，你聽到了嗎？」

莊天然仔細凝聽，似乎隱約聽見了窸窸窣窣的交談聲。

「病人情況穩定……」

「孩子的狀況不太好，準備進產房……」

隨著越往前跑，聲音越來越清晰，直到走廊裡充滿了紛雜的談話聲，聲音似乎從四面八方滲透出來，如潮水般包圍著他們，像醫院走廊裡匆忙交談的醫護人員不斷說話。

「母親的血壓偏低，增強輸氧……」

「準備好急救，隨時準備……」

這些聲音一波波湧來，不斷鑽入耳朵，莊天然呼吸急促，想要專注在逃跑這件事情上，然而這些耳語聲卻試圖鑽入他們的腦海，打亂他們的思考。

就在莊天然感到眼前發黑、體力即將耗盡時，終於看到了走廊的盡頭，一扇大門靜靜地矗立在那裡，門上帶著斑駁的字跡——

「產房」。

莊天然呼吸微微一滯。

爲什麼這裡會有產房？

還未待他細想，無頭神已經迫近，封蕭生回頭看了他一眼，「進去！」伸手拉了他一把，將他推進大門。

大門發出刺耳的「吱呀」聲，彷彿多年未曾開啓，一股陰冷的空氣從門縫中湧出，混雜著消毒水的氣息撲面而來。

就在大門打開的瞬間，耳語聲沸騰到了頂點，夾雜著無頭神的嘶吼，所有聲音混雜成一陣瘋狂的巨響，企圖轟垮他們的理智。

莊天然頭痛欲裂，正想伸手捂耳，一雙溫暖的大掌卻先覆了上來，隔絕部分刺耳的雜音。莊天然仰頭，看見封蕭生眼神堅定地望向前方，看似不受影響，但太陽穴處浮起的青筋清楚顯示了他正承受著同樣的折磨，卻仍用雙手緊緊捂住了自己的耳朵。

莊天然內心感到難以言喻，他想著自己大概直到死亡都不會忘記這個瞬間。

隨著產房大門「砰」一聲重重關上，駭人的無頭神和那些刺耳的聲音總算被阻隔在外。

然而，這並不是結束。

一進產房，莊天然便倒抽了一口氣，身體驟然僵住。

房間裡冰冷陰暗，白色燈管啪滋啪滋地閃爍著，光線蒼白而孱弱，一張孤伶伶的手術台置於中央，反射出令人不寒而慄的金屬冷芒。然而，這張手術台只不過是布景，真正讓莊天然感到毛骨悚然的，是滿地爬行的詭異「嬰兒」。

——那些「嬰兒」的身體和手腳極爲不平衡，因爲四肢過長，曲成了像蜘蛛腳一般的形狀，爬起來歪七扭八，整體看起來像截取了一半的成年人，每個肢體、骨骼、肉塊都縫上了縫線，很顯然，是用成年人的身體強行拼湊而成。

每一塊肉、每一根骨骼都曾屬於活生生的大人，如今卻被切割成小塊，粗暴地拼接成嬰兒的形狀。

「嗚啊……」、「啊、啊啊……」、「嗚嗚……」它們蜷縮、爬行、哀叫，如同螞蟻一般充滿了整個產房，針線縫合處還有血液滲出，交錯的接縫處彷彿隨時會裂開。

莊天然目光逐漸聚焦，呼吸瞬間急促起來，其中一個「嬰兒」正朝他爬過來，「嬰兒」抬起頭，露出一張屬於成年人的臉——竟是關卡一開始反抗師父的那名男信徒！

他的五官此刻變得僵硬扭曲，雙眼已被挖空，只剩兩個漆黑的血洞，從眼窩裡緩慢滲出鮮血，像流著無止境的血淚。他的舌頭不知所蹤，嘴巴無法合攏，只能發出類似嬰兒學語般意義不明的音節。

莊天然的胃部猛地翻滾，一股強烈的嘔意湧上喉頭，他迅速轉過身，扶著門框乾嘔起來。

嬰兒在地上盲目地爬動，因爲看不見，它並沒有碰到莊天然，而是碰到牆角，並且不斷用頭撞擊牆壁，發出沉悶的「砰砰」聲。

莊天然拚命壓制心中的恐懼和反胃感，內心無法控制地感到難受。這裡的每個「嬰兒」都是在關卡中死去的人，曾經熟悉的面孔，如今變成了怪物，就連死也不得善終。

莊天然握緊拳頭，指甲深深陷入掌心，試圖用痛覺讓自己保持清醒，然而，他無法停止顫抖——自從室友消失後，他原本對活著已無期待，甚至覺得死也無所謂，但如果自己死了，不只解不開室友的關卡，還會變成求生不得、求死不能的模樣嗎？

就在莊天然被巨大壓力感擊潰、陷入崩潰邊緣之際，封蕭生卻走向那些拼接嬰兒，他毫無猶豫地彎下腰，從地上抱起其中一個。那個嬰兒在他懷中掙扎著，發出淒厲而尖銳的悲鳴。封蕭生不僅不害怕，甚至輕拍嬰兒的背，柔聲安撫道：「乖……哭得真慘。」說著，他竟又伸手抱起另一個「嬰兒」，左右手各抱一個，動作輕巧自然，彷彿那些骯髒扭曲的怪物只是無辜的孩子。

「別哭了，我帶你們出去。」封蕭生語氣低沉而柔和，如同哄孩子一般。

莊天然看得目瞪口呆，完全不敢相信眼前所見。這些屍體遭到的殘忍對待，自己都難以多看一眼，封哥怎能一臉若無事地抱著它們？

封蕭生似乎察覺到莊天然的困惑，微微偏頭，目光穿透昏暗的燈光看向莊天然，

「只是些可憐的靈魂罷了。」

他不疾不徐地抱著那兩個拼接嬰兒，溫柔地唱起搖籃曲，似乎完全沒有察覺到這裡的詭異和危險。

莊天然漸漸被封蕭生輕柔的歌聲和似笑非笑的神情感染，愣愣地站在原地，胸口那股壓迫奇異地逐漸消散。他看著那些由人體拼接而成的「嬰兒」，不再覺得它們只是詭異的怪物，而像是無辜、被拋棄的棄嬰。

恐懼逐漸退卻，取而代之的是無法形容的悲憫。或許他們沒辦法決定自己的生死，但他們能夠盡所能去幫助這些人，倘若未來某一天自己也變成如此，同樣會出現一批幫助自己的人。

還是封哥看得透澈啊……封哥果然是最善良的。莊天然心中暗自感嘆。

若徐鹿此刻在場，肯定會無語地說：「不，老闆就是個神經病。」

「不過，我們要怎麼帶它們出去？」莊天然問。

無頭神似乎還在門外徘徊，等待著下一個機會。他們要怎麼做，才能帶走這些「嬰兒」？帶走之後又能如何？

「找找看，這裡應該有線索。」封蕭生說。

兩人暫時放下孩子，開始在產房裡翻找，一旁生鏽的鐵櫃抽屜裡放著一疊病例和檔案夾，其中有一個紅色的資料夾明顯較新，因此格外醒目。莊天然將它抽出，封蕭生也湊了過來。

「關卡規則？」莊天然看到資料夾的封面上赫然印著這幾個字，翻開資料夾，發現裡面記載著一連串的手術內容。然而，第一頁的文字便讓他感到不寒而慄：

一、手術名稱：身分置換手術

二、手術適應症：適用於經歷極端創傷、渴望擺脫自身身分的患者，以協助其與他人交換身體部位，達到心理疏導與生活重構的效果。

三、手術步驟：

（一）部位摘除與交換：根據患者需求，選擇性摘除患者的頭顱或四肢，並與其他玩家進行部位交換或重組操作。

（二）意識本體判定：研究顯示，心臟爲意識載體。交換部位後，意識本體依然由心臟承載，患者通常不會自發察覺身體變化，避免意識排斥。

（三）交換限制：過多部位交換可能引發本體意識混亂，增加手術失敗風險，最終可能導致腦死亡。

四、備註：該手術具有可逆性，若出現排異反應或心理不適，可進行身分回復。

莊天然的手微微顫抖，再翻到最後一頁——整頁紙上被鮮紅的字跡覆蓋，如同血書般，滿滿地寫著：

代替我！代替我！代替我！代替我！代替我！代替我！代替我！代替我！代替我！代替
我！代替我！代替我！代替我！代替我！代替我！代替我！代替我！代替我！代替我！
代替我！代替我！代替我！代替我！代替我！代替我！代替我！代替我！代替我！代替
我！代替我！代替我！代替我！代替我！代替我！代替我！代替我！代替我！代替我！
代替我！代替我！代替我！代替我！代替我！代替我！代替我！代替我！代替我！代
替我！代替我！代替我！代替我！代替我！代替我！代替我！代替我！代替我！代替
我！代替我！代替我！代替我！代替我！代替我！代替我！代替我！代替我！代替我！
代替我！代替我！代替我！代替我！代替我！代替我！代替我！代替我！代替我！代替
我！代替我！代替我！代替我！代替我！代替我！代替我！代替我！代替我！代替我！
代替我！代替我！代替我！代替我！代替我！代替我！代替我！代替我！代替我！代替
我！代替我！代替我！代替我！代替我！代替我！代替我！代替我！代替我！代替我！
代替我！代替我！代替我！代替我！代替我！代替我！代替我！代替我！代替我！代替
我！代替我！代替我！代替我！代替我！代替我！代替我！代替我！代替我！代替我！

這句話不斷重複，一行接一行，直到塡滿整頁。

那血紅的文字彷彿要從紙上滲出，帶著無法忽視的絕望與瘋狂。

「它們都被換了身體……」莊天然的喉嚨一陣發乾，冷汗滑落額角，忽然意識到一件事——不只是這些「嬰兒」，自己也被換了身體。

他原以爲這所謂的「換頭」只是錯覺，只要解開關卡自然就能恢復，但眼下才發現，這或許是謎題的一部分，他必須進行「手術」才能換回自己的頭。如果不換回來……會發生什麼？他的頭到底在哪裡？該怎麼找回來？

「然然。」封蕭生的聲音拉回了莊天然的思緒，「別急，我們已經找到線索了。」

封蕭生的話總能讓他冷靜下來。他深吸一口氣，安慰自己，封哥說的對，至少他們找到些頭緒。

「須要動手術……」封蕭生仔細看著病歷，語氣冷靜而專注，像個在巡房的醫生。

「那麼，試試看吧。」

說罷，封蕭生環視一圈後選中了兩個孩子，抱起來比對一番後，放到了手術台上。左邊的「嬰兒」身體被截取了一半，僅有上半身的女性胸脯，而右邊的「嬰兒」身體則是被切了一半，僅有下半身的女性腹部。

「等等，封哥，你該不會是想……」莊天然額前落下冷汗。

封蕭生微微一笑，從胸口掏出一把小刀，接著指向手術台上的兩個「嬰兒」，語氣輕鬆地說道：「然然，你玩過拼圖嗎？」

莊天然明白了他的意圖，但還沒來得及開口阻止，就見封蕭生毫不猶豫地一刀落下，劃開了「嬰兒」的身體。他下意識地避開視線，不忍直視這殘忍的一幕，然而，等他回過頭來，並沒有滿地鮮血，也沒聽到哀號。

莊天然忍不住瞪大眼睛。眼前被切開的兩半身體迅速融合在一起，竟拼湊成一具完整的女人身體。

「這……」

「看來成功了。」封蕭生說，神情沉靜。

莊天然看著封蕭生，突然意識到，剛才的笑容不過是爲了讓自己安心。封蕭生其實並不覺得這有趣。他不該讓封哥一個人承擔這些。

莊天然按住封蕭生的手背，「我們一起找。」他的手慢慢地不再顫抖，變得堅定而有力量。

封蕭生微微頓了頓，露出一個眞心的微笑。

他們繼續尋找著「嬰兒」，將女人原本的四肢也安置回去。女人恢復成完整的身體後，安靜地躺在手術台上，臉頰逐漸恢復血色，彷彿只是沉睡了過去。

「她……活過來了？」莊天然難以置信地問。

「不確定。」封蕭生也不能肯定。

兩人把女人放到一旁，繼續將其他玩家的身體拼回完整。地上的「嬰兒」們在他們手中一一恢復原狀。要在滿地爬行的「嬰兒」中尋找正確部位並不容易，兩人花了不知多少時間，直到大汗淋漓，才終於拼出了完整的十幾具身體。

封蕭生看著靜靜躺在地上不知是死是活的人們，說道：「新娘——洞房——產房——

嬰兒……這關卡似乎一直在暗示什麼。」

他垂下眼眸，「林琪兒的孩子真的沒有生出來嗎？關鍵線索，真的是墮胎藥嗎？」

莊天然的心猛地一緊。封蕭生的話讓他瞬間聯想到之前所有細節，無頭神的儀式、林氏父女、產房……那個孩子，難道不是死在子宮裡的胎兒，而是……

思緒剛剛閃過，房門忽然被強大的力量撞開。莊天然回頭，驚愕地看到無頭神的身影再次出現在門口。

無頭神缺失的頭顱依然空著，多條脖子相互纏繞，如同無數觸手般在空中游動，在產房裡四處探尋，它雖然沒有眼睛，動作卻異常迅捷。

「下一關來了。」封蕭生一把拉過莊天然，壓低聲音說道。

「這些人怎麼辦？」莊天然看著躺在地上的人們，緊張地問。

「看造化。」

話音剛落，無頭神的脖子猛然伸向地上，隨手抓住其中一人，用力一扯，那人頭顱被硬生生拔斷，血液瞬間四濺，飛濺到四周牆壁和地面上。

莊天然差點驚呼出聲，被封蕭生立刻堵住。

接著，無頭神將那顆頭顱塞進了自己其中一個脖子上的空洞處，頭顱竟迅速與脖子融爲一體。隨著頭顱歸位，無頭神睜開了「眼睛」——那雙屬於某個死去玩家的眼睛，冰冷而瘋狂，裡面充斥著仇恨和憤怒，彷彿下一秒就會撕碎周圍的一切。

「新娘……在……哪裡？」無頭神第一次開口說話了。

聲音沙啞而詭異，像是未曾使用過的聲帶勉強發出的聲音，語調忽上忽下，異於人類的發聲，帶著一股莫名的壓迫感，同時——它還有了視力。

無頭神很快注意到縮在牆角的莊天然和封蕭生，發出尖銳的喊聲：「頭……給我頭！」那些糾纏扭曲的脖子如同蛇般瘋狂扭動，空洞的頸口附著一圈密密麻麻的利齒，朝莊天然襲來。

莊天然腦中瞬間閃過一個念頭——原來，第三個儀式「交頸鴛鴦」的意思，是要他成爲無頭神的頭顱！

千鈞一髮之際，莊天然側身一閃，勉強避過了攻擊，但過長的馬尾卻被無頭神的脖子咬住，「喀嚓」一聲，他的頭髮被咬斷，兔子髮圈掉落，被吞入了無頭神的喉嚨。

就在那一刻，無頭神動作驟然僵住，脖子開始微微顫抖，像是感受到某種無法言喻的恐懼，動作變得遲疑，原本瘋狂的姿態頓時消失，身軀往後退縮，似乎在極力避開什麼。

無頭神的「臉」轉向莊天然，彷彿透過時間與空間，看見了什麼可怕的存在。它脖子微微蠕動著，像是驚恐地搜尋著記憶中的幻象，彷彿它所見到的，不僅是莊天然，而是某個藏在他身上的影子——

無頭神猛地顫抖，隨即竟以不可思議的速度轉身逃跑。沉重的腳步聲越來越遠，莊天然愣愣地望著無頭神消失的方向，心中的恐懼仍未完全散去。「我們安全了嗎？」他心有餘悸地問。

封蕭生沒有說話，只是撿起地上一個破損的物件，發現是個護身符。他指尖摩挲著護身符破損的邊緣，符紙半露，顯得格外脆弱。

即便他表情沒有明顯波動，眼底的光卻暗了幾分。

「這不是徐鹿一直帶在身上的護身符嗎？」莊天然低聲說著，腦中浮現徐鹿的模樣，對方總把這東西隨手揣在口袋裡，說是李梨給他做的，當時還嘴硬地吐槽了一句：「超爛，根本沒用！」，但卻一直帶著不肯丟。

「難道徐鹿也進來了？」莊天然的眉頭皺得更緊，眼裡是掩不住的擔憂，「他該不會……」

封蕭生沒有回話，只低垂著雙眸，若有所思。

莊天然集中精神回想無頭神剛才的攻擊，根據先前情況判斷，被無頭神殺死的人都會成爲它身體的一部分，但無論是產房裡的「嬰兒」，還是無頭神身上的人臉與頭顱，都沒有發現徐鹿的蹤影。

「徐鹿一定還活著！」莊天然猛然抬頭，語氣裡帶著決然，「我們得去找他！這條走廊肯定還有其他房間。」

封蕭生目光微微一暗，冷靜地說：「然然，你現在是無頭神的首要目標，不該冒險……」

然而，一抬頭，封蕭生眼前已空無一人，莊天然早已消失在無頭神離去的大洞裡。

風聲在破洞間呼嘯而過，宛如某種遙遠的低語。

封蕭生沉默片刻，隨後像是對莊天然的衝動無可奈何，喃喃道：「眞拿你沒辦法。」

他眼中閃過一絲無奈，但更多的是不明顯的溫柔，將破碎的護身符塞入口袋，隨即追向洞口的方向。

無論莊天然做出什麼選擇，他都會負責。

莊天然沿著無頭神逃跑的方向一路追去，走廊中依然瀰漫著濃重的腐臭氣味，隱隱還夾雜著刺鼻的血腥味，他心中只有一個念頭：找到徐鹿。

沿著狹長走廊狂奔，耳邊依舊響起那些模糊的耳語，回音在牆壁間遊蕩，似乎想鑽進他的腦海，擾亂他的思緒。莊天然咬緊牙關，強迫自己保持冷靜，專注於眼前的路。他知道，依照這些關卡的設定，只要跑到盡頭，一定會有新的門出現。

腳步聲在寂靜的走廊中迴響著，莊天然能隱約聽到封蕭生跟在後頭，步伐平穩，保持著不遠不近的距離。他知道，封哥看似漫不經心，實際上是在提防隨時到來的危險，自己能放心地把背後交給他。

幸虧一路上並未再遇到襲擊，直到走廊盡頭，終於出現了一扇門。門板漆得光亮，在昏暗的燈光下透出詭異的沉靜。莊天然心一沉，沒有猶豫，一把推開了門。

然而，門後的景象卻讓他愣住了——那泛黃的燈光、擺滿文件的桌子、牆上掛著的布告欄……是一間警局。

一瞬間，他幾乎以爲自己回到了現實世界。

但很快他便發現這間警局不對勁，四周昏暗無光，天花板上幾盞破舊的日光燈閃閃爍爍、明滅不定，空氣中瀰漫著一股陳舊的紙張霉味，室內空間大得不可思議，辦公桌成排排列，數量多到無法計算，整整齊齊地延伸至視線的盡頭。

現實世界哪有警局這麼大、有這麼多經費？

「警局？有意思。」封蕭生饒富興致地道。

走在無人又寬闊的空間，每一步都能聽見腳步聲在空蕩的環境中發出回音。突然，一個虛弱而微小的聲音從遠處傳來：「救命啊……救命啊……」

熟悉的聲音，莊天然立時便認了出來——是徐鹿！

「徐鹿！」莊天然呼喊道。

警局空間異常廣闊，聲音不住產生迴響，一時辨不出方向。莊天然緊緊握住拳頭，一面喊著徐鹿的名字，一面四處尋找聲音的來源。

總算，他們在警局最底端看到了一間間禁閉室，聲音似乎正是從那個方向傳來。

「徐鹿！你在哪裡？」莊天然站在走廊中央大聲喊道，聲音在禁閉室之間反彈，一片模糊。

很快地，竟傳來了回應：「莊天然？我在這裡……！」一聲虛弱卻激動的呼喊從某個方向傳來。

莊天然循著聲音一路找去，好一陣子才在其中一間禁閉室門前停下，門旁掛著一把鑰匙，封蕭生瞥了眼，微微挑眉，沒有多說。

莊天然迅速拿下鑰匙打開了門，裡頭的徐鹿縮在角落，臉色蒼白，一看見真是他們，立刻狼狽地爬起來，「真的是你們！我還以爲我要在這裡被關一輩子！」徐鹿驚魂未定地說。

「你沒事吧？怎麼會在這裡？」莊天然語氣焦急。

徐鹿長吁一口氣，拍拍身上的灰塵，憤慨道：「還不是那該死的無頭神！我閉著眼睛差一點點就要撐過儀式一了，誰知道它趁我沒注意，把我的護身符搶走！我死抓著掛繩不放……然後就被拖進門裡了。媽的，每次都抓我！」

徐鹿掏出口袋裡斷裂的掛繩，眸底閃過一絲心痛。

封蕭生「哦」了一聲，問道：「什麼護身符這麼重要？」

徐鹿頓了下，轉過頭，語氣含糊道：「沒、沒有啊……」

「嗯，既然不重要，那就算了。」封蕭生微笑。

「封哥。」莊天然皺眉，語氣裡透著不滿。

封蕭生瞬間變換臉色，雙眼閃爍著楚楚可憐的淚光，彷彿無辜被罵的孩子，「明明是他自己說不重要的，我不喜歡你為別人拚命……」說著，他乖乖從口袋裡掏出那枚破損的護身符，扔給徐鹿。

徐鹿接住，神色難掩激動，「這……您怎麼找到的!?」

「撿到的。」

徐鹿捧著護身符，像是捧著珍貴的寶物。他的手指輕輕撫過護身符上的裂痕，嘴角浮出一絲安心的笑意。

「我還以為……這次真的要死在這裡了。」他低聲說，語氣裡充滿劫後餘生的慶幸，以及失而復得的滿足。

莊天然不禁感到一絲疑惑：「你不是說任何事都是保命要緊嗎？為什麼要為了一個護身符拚命？」

徐鹿專注地整理著護身符，不假思索道：「有些東西比命還重要。」

說完，他發現莊天然正盯著自己，驀地雙頰一紅，乾咳一聲，故作輕鬆地改口：「妳看啊，要不是有這個護身符，你們也不會找到我，那我不就死定了！」

莊天然若有所思，視線轉向護身符，心想：這東西居然這麼有效嗎……

正事當前，封蕭生打斷兩人的閒談，問徐鹿：「除了你，有其他人進來嗎？」

徐鹿搖了搖頭，「我一直閉著眼睛，不太清楚。」

封蕭生思索，「由我們進入木門後到現在，可知走廊連接不少房間，看來，隨著進入時間的不同，玩家會被傳送到不同的房間。」

莊天然懂了，因爲封哥是緊跟著自己進入木門，所以兩人直接被傳送到洞房，但像徐鹿是在儀式一快結束時才被拖進木門，所以來到了警局。

這麼說，假設還有其他人進來，可能會在其他房間？

爲什麼需要這麼多房間？除了可能在暗示案件線索，是不是也代表——關鍵線索就在裡面？

莊天然望向眼前眾多禁閉室和數不清的辦公桌，心想：不會吧……

正當莊天然傻住之際，封蕭生將目光移向他，嘴角微微勾起，「然然，別緊張，我剛才看過了，那些桌面都沒有物品，也沒有抽屜，甚至桌面上的鏽跡都是相同的，只是相同的擺設而已。」

莊天然心想：您到底是什麼時候看完的……

「但是，這裡有那麼多禁閉室，難道我們要一間間……」

「然然，你知道陷阱的做法嗎？」封蕭生雙手交扣，莞爾道。

忽然被這麼一問，莊天然皺眉思索一會，低聲說：「放餌，然後等獵物上鉤？」

「嗯。」封蕭生輕輕點頭，語氣依舊平靜，「所以，這些禁閉室旁邊就掛著鑰匙，爲什麼還要上鎖呢？」

莊天然一頓，瞪大眼睛，瞬間明白了什麼。

如果要鎖門，爲什麼還把鑰匙掛在門邊？唯一的解釋是——這些禁閉室並不是想關住玩家，而是吸引玩家來幫同伴開門！

就在莊天然意識到眞相的這瞬間，牆壁轟然崩裂，巨大的碎石塊砸向地面，揚起一片塵霧，一股熟悉的腐爛氣息伴隨著爆裂聲衝入房間。

無頭神！

它那布滿人臉的腹部在灰塵中若隱若現，那些面孔扭曲、掙扎，在痛苦中嘶吼，緊接著是纏繞的脖子四處扭動，像是在尋找什麼目標。

一顆頭猛地從那團脖子中竄了出來，竟是一名小女孩的頭顱，顯然又有新的犧牲者。莊天然簡直不忍直視。

無頭神戴著小女孩的頭顱，嘴角勾起詭異的笑容，發出陰森的輕笑：「新娘……嘻嘻……妳在哪裡……」令人發顫的聲音迴盪在偌大的警局內。

有了先前的經驗，莊天然不再猶豫，迅速穿梭於一排排辦公桌之間，目光敏銳地掃視四周，判斷適當的逃生路線。他幾次險險閃過無頭神伸來的頸部，感覺到那些頸子如同冰冷的觸手擦過自己的肩膀，帶來一陣刺骨寒意，但出乎意料地，這次無頭神的速度似乎變慢了——儘管脖頸數量龐大，而且無處不在，依舊讓每次逃脫都極其驚險。

相較於莊天然稍有餘裕，徐鹿則有些狼狽，儘管他身手同樣敏捷，但彷彿天生與場地不合似地，跑著跑著總會莫名其妙地撞上桌角或被地上東西絆倒。

「該死！」他氣急敗壞地咒罵，膝蓋撞到桌腳，疼得他差點叫出聲來，不知該說幸運還是不幸，無頭神的主要目標一直鎖定在莊天然身上，因此徐鹿並未被捕獲。

「還好這傢伙對我沒興趣。」徐鹿心有餘悸地拍了拍胸口。

此時莊天然仍在思考——爲什麼無頭神的力量變弱了？

按照先前諸多例子，冰棍的力量和速度近乎無敵，應該是玩家無法對抗的強敵。然而此刻無頭神的動作雖然凶猛，但力道和速度卻像普通人一樣，唯一的優勢是長長的頸部能夠延展它的攻擊範圍。

莊天然腦中浮現一個猜測：難道……無頭神的力量，是取決於它戴的頭顱？

此時的無頭神雖然張牙舞爪，但漸漸力不從心，幾次試圖抓向莊天然都失敗了，最後停下來，用那顆小女孩的頭顱發出失望的聲音：「不是……對手……」接著便緩緩轉過身。

莊天然一頓。它要放棄了？

然而，就在無頭神的目光從莊天然身上移開的瞬間，那雙充滿怨毒的眼睛忽然轉向一直悠哉待在角落的封蕭生，與龐大身軀截然不符的小女孩面容扭曲，眼神閃爍著瘋狂的光，嘶吼著：「我要換成妳——！」

「欺負弱女子可不是好習慣。」封蕭生雙手抱胸靠在角落，微微偏頭，語氣依舊雲淡風輕，絲毫不將眼前的危機放在眼裡。

「老闆！快跑啊！」徐鹿差點哭出來，急吼道：「它要是換成您，我們就死定了啊啊啊！」

封蕭生不以為意，只是靜靜站在原地，等著無頭神上門。

他心中自有盤算，然而，他卻錯估了一件事，那就是莊天然的衝動。

在無頭神撲來的瞬間，莊天然同時撲向了無頭神！他並沒有像封蕭生那樣的自信與冷靜，一見無頭神將目標轉向封蕭生，便本能地上前為其阻擋。

莊天然心中只有一個念頭：封哥是他在這個詭異世界裡唯一的光，這次，他不能再毫無作為地看著對方陷入危險。

莊天然挺身阻擋無頭神，而這正好給了無頭神機會，它的頸部如閃電般捲住莊天然。

下一秒，猛然用力——

「喀嚓！」

骨頭斷裂的聲響，鮮血如潮水般湧出，灑滿了地面。

莊天然感覺眼前的世界在那一瞬間變得空洞而遙遠，所有聲音就像都被封閉在某個遙不可及的地方。渾身一陣劇痛，他的脖頸被無情地扯斷，視線迅速變得模糊。他看見自己的身體越來越遠，血珠在空中劃出一道弧線，滴落在地上。

封蕭生的笑容瞬間凝固，臉色變得煞白。

莊天然雙眼失去了焦距，卻依然盯著封蕭生的方向，他忽然明白了徐鹿說的話——有些東西，確實比命還重要。

封哥……一定要……解開室友的案子……他已經發不出聲音，只能在心底無聲地呢喃，然後，世界陷入了無邊的黑暗。

封蕭生愣在原地，身周一切彷彿瞬間失去聲音和色彩。

無頭神那扭曲的怪笑聲和脖頸的竄動聲在他耳邊變得遙遠而模糊，莊天然的身體在無頭神手裡，接著被無情地拋棄，如同一件無用的廢物，無力地倒在地上，血泊迅速蔓延。

封蕭生曾經以爲無論莊天然做出什麼選擇，自己都能包容，並爲其承擔一切責任與後果。

但他現在才明白，自己錯了。

封蕭生的手指緊緊攥成拳，指甲掐入掌心，流出了血水，眼眸中閃過一抹寒冷，心中的某個角落徹底塌陷，某種壓抑許久的情緒終於在此刻決堤。

無頭神正得意洋洋地舉起莊天然的頭顱，準備戴在自己的脖子上。下一秒，手裡的頭顱突然消失，無頭神還沒反應過來，只覺得自己的頸部有陣陣涼意，緊接著無數條脖子紛紛從空中落下，速度快得令人眼花繚亂，直到最後只剩下一顆小女孩的頭顱發出慘叫，哭聲像布帛被撕裂般地刺耳：「脖子、我的脖子——！」

封蕭生站在一片猩紅之中，手中的刀第一次從衣襟裡滑出，刀刃閃爍著寒光。他的身上染滿鮮血，低著頭看不清神色。

他沒有急著結束，而是踩著無頭神掉落在地的脖子，讓無頭神親眼看見自己失去所有的模樣，將其最後的驕傲一點點碾碎。最後，小女孩頭顱落地，翻滾數圈後終於停住，隨即整個身體徹底失去了動靜，房間內只剩下一片死寂。

封蕭生垂眸看著自己的手，原本牢牢抓著的莊天然頭顱，卻在剛才消失了，唯有斷了頭的屍首還在原處。

或許因爲，那本就不是莊天然眞正的頭顱。

徐鹿衝過來跪在莊天然的屍體旁，聲嘶力竭地喊著對方的名字，眼眶泛紅。儘管他知道莊天然不可能再醒來，卻依然不肯放棄。

封蕭生走向前，目光淡漠，沒有多餘情緒，只冷冷吐出一句：「別動他。」

徐鹿一怔，當場愣在原地。

他見過老闆很多種樣貌，卻從未見過老闆露出這樣的表情。就像自己只要再動一下，老闆就會毫不留情將自己的手砍斷的那種無情。

就在這時，一陣微弱的騷動響起，無頭神竟然還在顫動，隨後它的身體突然蜷縮翻起，飛快地溜竄離開洞口。

徐鹿愕然，脫口而出：「它竟然還沒死！」

封蕭生看也沒看一眼，眸底掠過一絲嘲弄，「苟延殘喘。」他沒有再多說，俯身將莊天然抱了起來，那動作很輕，彷彿莊天然只是不小心睡著了，深怕將對方吵醒。

血跡順著封蕭生的手臂滑落，但他毫不在意，他抱著莊天然，沉默地朝著無頭神離開的洞口一步步走去，背影在昏暗的燈光下顯得修長而孤獨。

徐鹿盯著封蕭生和莊天然的背影，胃部忍不住泛起酸水。

他曾以爲這個老愛添麻煩的老闆娘死後，一切都會變得輕鬆，但事實上並沒有。明明不是第一次見到身邊的人死亡，卻覺得胸口像是被巨石狠狠壓住，疼痛萬分。腦中閃過對方屢次捨身救人的畫面，以及她打開禁閉室營救自己的那一幕，自己從未見過這般英勇果敢的人。

這麼好的人，竟然就這樣死了。

1
2
※然
哇~
啪
啪
3
妳到底做了多少個!?
4
我不允許封哥的臉受到半分傷害。

伴隨著無頭神受到重創，走廊開始崩壞，坍塌聲如雷鳴在耳邊炸響，牆上的磚塊不斷剝落，地面也劇烈震動。封蕭生依舊穩穩地抱著莊天然的屍體，步伐沉著，目光堅定，彷彿懷中的人只是沉睡，而非一具斷了頭的屍體。

徐鹿跌跌撞撞地爬起，跑出洞口後，四處掃視著崩塌的廊道，牆體傾圮，鋼筋與磚瓦像雨點般砸下。他暗暗咒罵了幾句，趕緊跟在封蕭生身後。

「老闆！」徐鹿急喊，「這裡快塌了，我們得快點離開！」

封蕭生頭也不回，只淡淡應了一句：「急什麼？」

徐鹿緊張得直跺腳，本想說點什麼，但一瞬間看到封蕭生抱著莊天然那異常平靜的神情，所有話語都哽在了喉間。他忽然意識到，老闆不在乎這個世界崩塌與否，他此刻唯一在乎的，只是懷中的人。

「老闆瘋了……」徐鹿心中嘀咕，但還是跟在後頭。

走廊即將塌毀之際，眼前終於出現一道門。封蕭生緊緊抱住莊天然，毫不猶豫地跨過門檻，身後的崩塌聲驟然停止，隨著大門關上，方才驚心動魄的場景好似只是一場夢境。然而，莊天然並沒有恢復正常，依舊是一具斷了頭的屍體。

封蕭生垂眸，再次抬眼，眼前是一個幽暗的房間，濃重的紅色字跡布滿所有牆面，仔細一看，才發現那是用鮮血一筆一畫寫下的血書：

唯有信奉人間唯一真神林龍師父　才能自苦海中脫離
眾生皆陷於輪迴之中　無法自拔
唯眞神拯救世人於此苦難　庇護凡人靈魂　帶領有緣者羽化登仙
信者得以見神明　得以無懼輪迴
拒絕者　將受無盡災禍纏身　終生無法得救

「林龍師父」的名號無所不在地出現於天花板和牆面上，每一字跡都無比扭曲，彷彿信眾親手用血肉書寫而成，字句之間散發著虔誠，宣揚著唯一眞理。密密麻麻的圓形宗教符號，宛若蛀蟲啃食後的血洞，讓人頭皮發麻。

徐鹿擦去額前冷汗，低聲咒罵：「靠！那個師父果然有問題！怎麼看都不對勁……」

封蕭生沒有理會徐鹿的碎言碎語，只沉默地注視著懷裡的莊天然，哪怕失去了頭，也依舊是他熟悉的模樣。

徐鹿忽然覺得，比起牆上滿滿的血書，老闆異常冷靜的模樣似乎更可怕一些。他不忍再看莊天然的屍首，「接下來怎麼辦？」徐鹿忍不住問，目光在封蕭生和莊天然之間不斷來回。

封蕭生輕輕將莊天然放在地面，再將自己的外套蓋在他身上，像是怕他著涼。接著平靜地說：「還沒結束。」

徐鹿茫然，「什麼意思？」

封蕭生沒有回答，周身那股壓抑的冷意，讓徐鹿不由得打了個冷顫。他總覺得老闆似乎比以前少了些什麼，又似乎添了些什麼，變得更加陌生而難以捉摸。

「走。」

「去哪？」徐鹿依舊茫然不解。

封蕭生終於開口，語氣冷淡而決然：「找他的頭。」

徐鹿狠狠一愣，瞬間瞠大雙眼，絲毫不懷疑老闆話語裡的可能性，驚喜地大呼道：「您是說……老闆娘還有救!?」

封蕭生點頭，將產房裡找到的檔案甩給徐鹿，並說了在手術房碰見的「嬰兒」。徐鹿飛快掃了一遍，頓時恍然大悟：「身分置換手術……老闆娘說過她的頭顱被換掉了，居然是眞的？」

「我從沒懷疑過。」封蕭生說。

徐鹿依然有些不敢置信，甚至覺得荒唐，「所以，您之前已經進行過這個手術，那些『嬰兒』確實能復原，但因爲身體疑似經歷過多次重組，可能已經產生腦死的副作用，所以您並不清楚那些人有沒有眞正復活？」

封蕭生「嗯」一聲。

「這樣的話，萬一老闆娘也……」

「他只被換過一次。」

徐鹿偷偷看了眼老闆，緊張地嚥了口唾沫，「組裝身體這種事……真的有可能嗎？」

封蕭生目光銳利，冷冷地回道：「那就讓它成眞。」

徐鹿從未見過這樣的老闆，那雙曾經總帶著些許調侃和輕鬆眼神的眼睛，如今冷淡得像一汪死水，沒有一點波瀾。他忍不住低聲詢問：「老闆……你還好嗎？」

「別廢話。」封蕭生語氣冰冷平淡，像是在陳述無關緊要的事。

徐鹿一時語塞，眼前熟悉的面容，如今透著一股陌生感。

他看不透封蕭生此刻的情緒，那種冷漠和孤獨，簡直就像——自己第一眼看見莊天然的時候。淡漠、無謂、毫無表情，就像失去了某件最重要的東西，從此笑容也永遠地消失在他的世界裡。

徐鹿深吸一口氣，打起精神，專注地和封蕭生在這間寫滿教義的房間裡仔細搜尋。

四周牆壁幾乎被密密麻麻的字句和符號包圍，彷彿每一個字都在竊竊私語，像一張巨大的蜘蛛網般吞噬深陷信仰的人。

房間的角落堆著陳舊的供桌，桌上擺滿了符咒和祭品，還有幾尊陶塑神像，靜默地注視著前方。徐鹿總覺得它們的眼珠隨著自己轉動，不敢多看一眼。封蕭生走向前，供桌上擱著泛黃的紙張，上面記載著令人不安的儀式過程，字跡潦草，像是出自病態狂熱者的手筆。

徐鹿跟在老闆身後，看著紙張的記錄，喃喃道：「信者羽化登仙？」他皺起眉，壓低聲音說：「眞的有人會信這種東西？」

「世上九成以上的事，都是你無法想像的。」封蕭生說。

這時，兩人身後的房門傳來動靜，伴隨著門把轉動的聲響——有三人推門而入。師父、林父和林琪兒站在門邊，一看見面前景象，神情各異，眼神中掩不住內心的動搖。

「師妹、師弟，原來你們在這裡。」師父是三人中唯一保持淡定的人，他主動和封蕭生及徐鹿打招呼，雙手交握在身前，目光掃視著這間密閉、布滿符咒的房間，彷彿進入的並非詭異之地，只是日常的一部分。

林父卻退後兩步，眼中閃過一絲驚愕，看著牆上鋪滿的符咒和沉重的紅光，他緊皺著眉頭，嘴唇微微顫動。

林琪兒更不用說了，她整個腿都軟了下來，跪坐在地，雙手放在腹前，身體似乎不自覺地向後縮了幾分，彷彿隨時想逃離這個詭異的地方。然而，林父察覺到她的想法，一把抓住了她的手腕，低聲喝道：「不可以再亂跑！」林父強迫自己鎮定，但抓著女兒的手卻止不住微微顫抖，不斷壓抑著內心的恐懼。

「師父……這、這不是修煉堂嗎？怎、怎麼變成這副模樣？」林父忍不住低聲問道，他的聲音中帶著疑惑與不安，眼神掃視四周，「我們回到現世了？」

師父輕輕地搖了搖頭，低聲回道：「不，這裡只是模仿的產物，不是現世。」

林琪兒聽到這話後，竟意外地放鬆了身體，不再嘗試掙扎逃跑。

這不正常的反應，被封蕭生盡收眼底。

「妖魔在模仿我們，切勿輕信。」師父平靜的眼中透露出一絲警告，彷彿在提醒眾人眼前所見的一切並不可信。

徐鹿開口，語氣中有著明顯的懷疑，質問道：「怎麼只有你們三個？其他人呢？」

面對他的提問，三人卻保持沉默，沒人回答。林父低垂著頭，師父的眼神依舊鎮定如常，而林琪兒則小心翼翼地躲在最後方，生怕被人窺探到什麼祕密一般。

徐鹿的忍耐到達極限，他猛地指向林父，語氣不再隱忍：「喂！都到這種時候了你還想隱瞞嗎？凶手到底是誰！」

他的聲音在這詭異的房間裡顯得格外響亮，戳破了這個無形的謊言。林父的臉色微微一變，但依舊咬緊牙關，避開了徐鹿的目光。

「說話啊！」徐鹿語氣不善，眉頭緊皺，逼視著林父，「凶手根本不是你吧？真正的凶手到底是誰！」

林父臉色一陣青、一陣白，拉著林琪兒的手不住顫抖，扭頭就想離開這個房間，步伐急促而凌亂，被他拖拽著的林琪兒差點摔倒，根本無法站穩，只能勉強被父親拖著，她臉色蒼白，看起來十分疲憊。

「喂！你別這麼粗魯！」徐鹿不滿地叫道，眼看林琪兒差點又要摔跌，伸手想要扶住她。

然而，林父猛地轉過身，異常激動地怒吼：「別碰我女兒！」

他目露凶光，語氣中充滿了令人費解的敵意：「你以為我不知道你那齷齪的腦袋在想什麼嗎？你是不是想對我女兒下手？林琪兒！我是不是警告過妳不准接近這些男人！他們腦袋裡想的都是怎麼……」林父接下來的話越說越粗鄙不堪，句句滿是淫穢至極的指控，讓在場的人為之驚愕。

徐鹿愣住了，面對林父極度無禮的指責，一時啞口無言。

「林兄，別動氣。」師父走上前，試圖緩和場面。

林父這才回過神來，臉色漲得通紅，氣喘吁吁，如同失控的野獸，他的視線四處游移，似乎下一秒又要再度爆發。

林琪兒垂下頭，不再做出任何反應，她眼神空洞，任由父親拉扯，一語不發。

這時，緊繃的氣氛中傳來一聲冷笑。

「恕我直言。」封蕭生緩步走向林父，接著突然看向林琪兒，問出一句讓在場的人都微微一愣的話：「爲什麼妳走路總是在拉褲子？」

徐鹿聽到這話才忽然想起來，封哥曾經提過她的背影看起來很奇怪，難道是在指這個？

「我懶得跟你們廢話，發生什麼事你們心裡有數。」封蕭生靠著牆，語氣冰冷而直白：「第一次看見你女兒時，內褲高度及腰，爲什麼隔天早上見你後，就看不見了？」

這份直接令在場四人都愣住了，那個總是說說笑笑、從容不迫的女人去哪了？

封蕭生冷笑一聲，毫不留情地戳破林父：「怕女兒和男人亂搞，連內褲都要檢查，你有病嗎？」

林父的臉色剎那間慘白，嘴唇抖動，眼神中充滿了難以掩飾的羞怒，下一秒爆發似地怒吼：「我管教我女兒，關妳什麼事!?」

徐鹿瞠目，不敢相信林父的所作所爲竟然離譜至此，看著這個失控的父親，心中感到一陣憤怒和噁心。他心想，如果不是老闆現在在林父眼裡是「女生」，林父說不定早就惱羞成怒地衝上來和老闆拚命——雖然他很清楚，這個老混蛋肯定不是老闆的對手就是了。

房間裡瀰漫著詭異的靜默，只剩下林父如同被激怒的野獸般的喘息，突然，空氣中似乎隱隱有寒意在流竄，門外傳來了細微的「窸窸窣窣」聲音，像是無數條蛇在暗處爬行，詭異地一點一點靠近，慢慢滲入眾人的耳中。

封蕭生瞟了徐鹿一眼，徐鹿點頭，明白了老闆的意思——無頭神來了。

門外的聲音越來越近，直到某一刻，牆面傳來碎裂聲，一條肉色的脖子穿破牆面，緊接著無數條脖子刺穿房間，無頭神的身影從破洞中擠出。

它的身形變得更加龐大扭曲，幾乎擠滿整個房間，眾人只能堪堪縮在角落。

無數條脖子如同怪物的觸手在牆上爬行，發出令人毛骨悚然的摩擦聲。

「還有……一個……新娘……」無頭神勉強發出低語，聲音沙啞而乾涸，帶著濃濃的死氣。

此時，無頭神數條脖子一扭，齊齊看向了林琪兒。林琪兒發出尖叫，臉色蒼白，全身僵硬，眼裡充滿恐懼，不知所措地往後退縮。

就在這一刻，無數條脖子中央隱隱約約露出了一顆頭顱，眾人定睛一看——才驚覺地想起，那竟然才是莊天然眞正的頭！

曾經熟悉的面孔，如今毫無生氣地嵌在怪物的脖頸上，雙眼無神地睜著，猶如木偶般冷冷望著這一切。

封蕭生的臉色瞬間變得陰沉，眼神中充滿了憤怒和悲痛，如墜深淵，但他深吸一口氣，將這份痛楚掩藏在極度冷靜之下。他的手因怒意而微顫，卻又沉著地交代徐鹿：「把他的身體保管好。」

徐鹿無法像封蕭生這般冷靜，難掩悲憤地大吼，激動得眼眶發紅：「怎麼會！該死的，它居然敢……」

封蕭生抬眸，冷冷地注視著無頭神，而無頭神依舊緊盯著林琪兒，沒察覺背後傳來的冷意。他一步步走向怪物，眼神如利刃般銳利，封蕭生只有一個目標——奪回頭顱。

無頭神脖頸猛地伸長，張牙舞爪地往林琪兒和四面八方展開攻擊，打算把所有人一網打盡。

封蕭生躲開一條突如其來的脖頸，反手揮刀，直接砍下了它。然而還有無數條脖頸，彷彿怎麼砍也砍不完，無頭神狡猾地將莊天然的頭顱埋藏在眾多脖頸之中，難以觸及。且這些脖頸變得比先前任一次更加迅猛，無論是閃躲或反擊，都比以往困難——因為無頭神吸收了莊天然的體質，不僅行動更敏捷，反射神經也異常發達。

又一條脖子猛地向封蕭生揮來，他後退一步，險險躲開，隨即揮刀斬向另一條。無頭神一聲怒吼，所有脖子頓時更加猖狂地四處攻擊，封蕭生目光越發冷峻，毫不退縮地迎向怪物。

然而每一次刀鋒觸及無頭神的脖子，便會不經意看見正中央莊天然目光空洞的臉，封蕭生腦中閃過種種複雜思緒，心底如被利刃剖開般疼痛，無頭神在他眼裡不算什麼，但偏偏，無頭神奪走了他最重要的東西。

對戰越發激烈，封蕭生與無頭神難分難解，他揮刀的速度逐漸加快，但無頭神如今持有莊天然的頭顱，加上頭顱被眾多脖頸包圍，令封蕭生無法輕易下手。無頭神頂著莊天然的臉，目光中帶著一絲冷酷，嘴角扯動著，彷彿在嘲笑他的無力。

「白頭……偕老……」無頭神低語著，那些聲音從莊天然口中傳來，頓時讓封蕭生手一頓。

徐鹿緊緊抱著莊天然的身體，閃避著無頭神四處亂舞的脖子，看著它利用莊天然的頭顱讓封蕭生難以下手，忍不住憤怒地嘶吼：「該死！陰險的混蛋！」

無頭神頂著莊天然的臉轉頭，注意到徐鹿，忽將目標轉向他。

封蕭生立刻出手掩護，刀刃在半空中劃出一道冷冽弧線，儘管內心備受動搖，他的每一次揮刀卻依舊沉穩而精準，帶著一股不容質疑的決斷。然而，正當刀刃即將劃下那條扭曲的脖頸，無頭神的頭顱轉了過來——在極近的距離中直面莊天然空洞的臉，讓封蕭生的動作微微一慢。無頭神瞬間抓住了這一絲猶豫，脖頸如毒蛇般猛地襲來，尖銳的牙齒咬穿了封蕭生的手臂，鮮血立時迸出，濺在地板上。

「老闆！」、「啊！」徐鹿和林琪兒不禁發出慘叫。

林琪兒雙手掩住嘴巴，眼中滿是驚恐與不安，目光在封蕭生身上停留片刻，又轉向一旁滿身是傷的父親，見父親氣喘吁吁地倚在牆邊無力掙扎，最後，她的視線落在無頭神穿戴著的莊天然的臉龐，腦海中浮現出那個人替自己辯駁時的場景，那個聲音一次又一次堅定地告訴她：「不是妳的錯。」

淚水模糊了林琪兒的視線，她不住低聲呢喃著：「不……都是我的錯……都是我的錯……」她感到無比痛苦與悔恨，那份曾壓抑在心底的愧疚在此刻徹底釋放，像決堤的洪水般湧了出來。

她哽咽著，哭著對無頭神喊道：「都是我的錯！妳想要報仇對吧？不要再傷害他們了！」

無頭神讓脖頸們停止了片刻，似乎正在理解她的話。接著，它獰笑般地發出一聲嘶啞的低吼，脖頸如蛇般改為猛地撲向林琪兒。

「小心！」徐鹿忍不住喊出聲。

無頭神的脖子在空中快速伸長，全力撲向林琪兒，然而就在這瞬間，一道刀光在空氣中劃過，明亮得如同閃電。等候已久的封蕭生抓準了無頭神注意力全部轉向林琪兒的時機，冷靜而迅捷地揮出決然的一刀。

無頭神尚未反應過來，位於正中心的脖子已被砍斷，斷了半截的脖子一僵，隨後垂軟在地，頭顱滾落地面之前，封蕭生伸手牢牢地接住，將莊天然的頭緊緊抱在懷中。

不給無頭神絲毫喘息的機會，他倏地反手對準無頭神的心臟，一刀刺入！

刀刃穿透它的身體，深深埋入其中。無頭神發出一聲悲鳴，伴隨著黑色的血液噴湧而出，整個身軀開始劇烈地抽搐，隨即癱倒在地，總算再無生息。

封蕭生深吸一口氣，立刻轉身跑向徐鹿。

他單膝跪地，將莊天然的頭顱小心地放回身體上，血液滲出，在脖子與頭顱的交界處緩緩流淌。奇異的是，當莊天然的頭部接觸到頸部的瞬間，血液就如同具有磁性一般，迅速將傷口貼合在一起，緊凝成一條細細的縫線。

封蕭生目不轉睛地注視著莊天然的臉龐，眼中閃過一絲不易察覺的懇求。

隨著血液的流動，莊天然的頭顱與身體緊密地融爲一體，最終那條縫線完全消失，就像他從未失去過頭顱一般，完好如初。

莊天然倒抽一口氣，猛然睜開眼睛，從地上驚坐而起。

無頭神！

他大口喘息，像是剛從溺水中甦醒，眼神中仍帶著剛被無頭神斬首的驚恐，還未完全意識到自己發生了什麼事。

什麼……這是哪裡？他們不是在警局嗎？

莊天然環顧四周，先是看見封蕭生滿是血跡的手臂，心中一驚，立即脫口而出：「封哥？你的手怎麼了！還好嗎？」

「你頭都沒了，還管得了別人的手？」一旁的徐鹿說道，語氣尖酸刻薄，但嘴角卻揚著大大的笑容。

封蕭生看著莊天然，眉眼終於浮現一絲難得的放鬆，他將額頭輕輕靠在莊天然的肩頭，許久未說話。那動作平靜，卻流露出深深的疲憊，像是在短短瞬間經歷了巨大的情緒變化。

莊天然不明所以，看向四周，目光落在了旁邊無頭神的屍體，頓感震驚，同時也感到了茫然：自己好像錯過了什麼非常重要的事啊……

林琪兒趺趺撞撞地跑過來，彷彿忘記了疲累與恐懼，滿腦子只剩下對莊天然的擔憂，「你……還好嗎？」她的聲音顫抖著。

林父見女兒忽然跑開，立刻大吼：「琪兒！妳在做什麼？快回來！」

但這是頭一次，林琪兒彷彿沒聽見父親的指令，全神貫注地看著莊天然，等待他的答案。

莊天然撓了撓後腦勺，其實被無頭神砍下頭的那一刻確實嚇得不輕，但對他而言不過一眨眼的工夫又醒了過來，根本不知道經過了多久，也不知道在過程中發生多少事，因此只是木著臉簡短地回應：「沒事。」

林琪兒聽聞這彷彿不帶感情的回覆，一時手足無措，想說點什麼，又不知該說什麼，「對不起、我是不是打擾到你了……」

莊天然不解，臉上依舊一貫地沒什麼表情，「沒有啊。」

林琪兒的眼淚盈滿眼眶，淚水搖搖欲墜。

徐鹿簡直快看不下去，「喂喂，莊天然，人家在關心你，你不要一副死人臉好嗎？不會講話好歹說一聲謝謝啊！」

莊天然被唸得莫名其妙，啞口無語。他本來就長這樣啊……

徐鹿感受到老闆冷如刀鋒的眼神，才注意到自己又說錯話，立刻自掌嘴巴，「啪、啪」兩聲拍得極響，嚇了莊天然一跳。

「呸呸呸！我在說什麼不吉利的話，你好不容易才……」徐鹿低喃。

「剛才到底發生什麼事了？」莊天然忍不住摸了摸自己的脖子，不要說傷痕，連一點疤痕和後遺症都沒有，感覺特別古怪。

徐鹿一聽這話立刻激動起來：「你根本不知道你出事後發生了什麼！」他盯著莊天然，對方仍是一臉茫然，這讓徐鹿的情緒一下子湧上來，喉嚨不自覺地哽住了。他乾咳兩聲，勉強壓下衝動，轉開臉小聲說：「總之，老闆變得比冰棍還可怕！整個人冷得像冰塊，一句話都不多說……就像什麼都無所謂了一樣。」

徐鹿的語氣帶著壓抑的情緒，低頭繼續道：「這麼多年，就算差點團滅的時候，他也沒有那樣過。」說到這，他猛地按住莊天然的肩膀，眼神是前所未有的認眞：「所以算我求你，千萬別再出事了，好嗎？」

一向看莊天然不太順眼的徐鹿，竟會用這種語氣向他懇求，讓莊天然微微一愣，心底像是被什麼輕輕觸動了一下。

「你嚇到然然了。」封蕭生輕笑著開口，語氣如往常般輕鬆，帶著一絲揶揄。然而，他的目光從未眞正離開莊天然，每當莊天然稍有動作，他的視線便會下意識地跟過去，像是在警戒什麼。莊天然察覺了這一細微的變化，內心無比複雜。

他忽然意識到自己出事對封蕭生造成的影響。雖然他不確定自己在對方心中的分量，但若眞像徐鹿說的這樣，會讓封蕭生變得如此痛苦，對方的反應就像當年室友離開自己一樣。

不過當莊天然想從封蕭生臉上一探究竟時，封蕭生的神情未變，目光驀然轉向林琪兒，狀似不經意地隨口一提：「妳剛才對無頭神說『報仇』？」

這話一出，徐鹿率先怔住了。他迅速回想起剛才的混亂場面，林琪兒的確曾對無頭神喊過：「你想要報仇對吧？」但當時情況過於緊張，他的注意力全放在如何擊退無頭神和搶回莊天然的頭顱上，根本無暇深思其中的含意。

徐鹿不禁再次佩服，果然只有老闆即使在危急之中也能注意到每個人話裡的細節，並迅速理清其中關鍵。

報仇？莊天然也將視線轉向林琪兒。

林琪兒被封蕭生銳利的目光鎖定，眼神閃躲著，抿著嘴唇不語。就在這時，聽聞此話的林父一把將她拉到身後，眼中充滿了戒備與防範，「你們想對我女兒做什麼!?一個個不安好心！」他聲音嘶啞而憤怒，像是暴怒的雄獅護著受驚的幼獸，牢牢地將自己女兒護在身後。

林琪兒順勢縮在父親身後，一語不發，渾身顫抖。林父轉過身去，細細地檢查著她的身體，手在她肩上輕撫。林琪兒縮了一下肩膀，林父一把將她抱緊在懷裡，低聲安慰道：「別怕，爸爸在這裡……」

久未出聲的師父從昏暗的角落中走出來，看著眼前紛亂的局面，他雙手合十，神情鎮定地說：「諸位師弟，現在不是起內鬨的時候，我們必須團結一心，這樣才能離開此地。」

「哈，少裝了！」徐鹿冷笑，語氣毫不掩飾自己的不屑：「你不知道自己已經中了老闆的圈套嗎？」

師父眉頭微微一蹙，並未直接回應，依舊不動聲色。

徐鹿嘴角揚起，語氣裡充滿了挑釁：「還記得我們主動告訴你，想破關就要進門嗎？我們這麼做，只是想測試你到底會不會帶信徒們進來，結果呢？」他的目光掃過林父和林琪兒，嘲諷地說道：「爲什麼進門的只有你們三個？」

莊天然聞言十分驚訝。他沒想到原來徐鹿和封哥當時是故意告訴師父解法。

然而，出乎意料的是師父的臉色沒有絲毫波動，只是微微嘆了口氣，隨後雙手輕輕合在一起，語氣平靜：「當時情況混亂，我們都是蒙著眼，閉上眼後分不清方向，門的位置更是不斷變動。我喊了許久，沒聽到其他人的回應，若不是湊巧走到門前，恐怕也無法進來。」

他說完，再次低下頭，嘴裡唸著禱詞，神情虔誠如常。

莊天然心想：師父的這番話乍聽之下合情合理，但他口口聲聲如同「家人」的信徒們如今生死未卜，他竟然一點也不顯擔心，還能保持平和？怎麼想都不對勁！

徐鹿嘖一聲，明知道這個老神棍有問題，但對方的理由總是毫無破綻，不能印證對他的懷疑。自己本來打算揭穿對方的底，沒料到話題又被他巧妙地掩飾過去，總感覺無論說再多，都像打在一團棉花上似地，讓人火大至極。

師父目光低垂，臉色平靜，步伐穩定，彷彿剛才那場驚心動魄的混亂與他毫不相干，又說了遍：「徐師弟，莫要猜疑，我們現在須要的是找到證據，並非猜忌彼此。」

徐鹿額頭青筋一跳，就快要壓不住自己的火爆脾氣，忍不住捲起袖子，「證據？還需要什麼證據！現在只剩下她和你們這兩個老傢伙，我還怕打不贏？這次非撬開你們的嘴不可！」

林父臉色驀然鐵青，師父眼中也掠過一絲微妙的僵硬。

莊天然原本想接著說「我們的確需要證據，不能草率行事」，但當他無意間瞥了一眼封蕭生，正好對上對方的眼睛，他這才終於確信，從自己醒來以後，封蕭生的注意力從未離開過自己，就算對方面上依舊帶著一抹微笑，但那深藏在笑意之下的警戒，像是怕自己再度消失一般。

莊天然原本想說的話倏地哽在喉嚨……

這時，封蕭生開口了，一句話便讓師父再也說不出半句辯解。

「那麼，請問你們三個之中，是誰在最後關了門？」

封蕭生的目光定定地落在師父、林父和林琪兒三人身上。

徐鹿恍然大悟，「對啊！如果沒有人關門，那一定還有更多人能進來，如果有人關了門，說明關門者想要殺害其他人！」

被針對的三人默默無語，場面一時之間陷入膠著。

莊天然轉頭看向身旁的封蕭生，看到他手臂的血已經止住，傷口似乎無礙，不禁鬆了口氣。然而，當他目光下移，無意間瞥見對方的掌心——密密麻麻的指甲掐痕清晰可見，且已見血，彷彿這雙手曾拚命壓抑著某種情緒。

莊天然愣住了，瞬間明白這一切的原因：都是因爲自己。震驚的同時，他感到更多的是一股難以言喻的難受。他從未想過自己的死竟會爲他帶來如此深刻的痛苦。忍住心底翻湧的酸意，莊天然低聲道，音量小得只有封蕭生聽得見：「你說過，因爲保護家人和朋友是理所當然的事，所以不管要你做什麼，你都會保護我。有你在，我不用那麼勇敢……現在我懂你的意思了。」

封蕭生微微偏頭，似乎有些不解，眼中帶著詢問。莊天然卻沒有多作解釋，只是抬起頭，眼神逐漸變得堅定，像是下定了某個決心。

「師父。」莊天然忽然轉向站在對面的師父，語氣平靜卻帶著隱隱的鋒芒，「方便和我私下談談嗎？」

師父瞇了瞇眼，嘴角彎起一抹淡笑，微微點頭：「請。」

莊天然轉身，並請徐鹿將林父和林琪兒帶到稍遠的角落。徐鹿雖滿腹疑惑，但還是依言照辦。

待眾人退開後，莊天然靠近師父，壓低聲音，語氣沉穩中帶著試探：「師父，關於林小姐的事，您眞的沒有其他線索嗎？如果您知道什麼，請務必告訴我。」

師父輕輕一嘆，神情依舊柔和：「我所知道的，早已全部告知了。」

「是嗎？」莊天然語氣變得低沉，聽不出情緒。話音剛落，他目光一冷，毫無預兆地舉起手中的刀，朝師父的脖子猛然劈去！

手起刀落，鋒利的刀鋒劃破空氣，刀光一閃而過，伴隨著鮮血濺起，師父身首異處，被砍下的頭顱雙眼圓睜，瞳孔中寫滿不可置信與恐懼，先前那份從容悠然的神情蕩然無存。

莊天然迅速伸手接住師父的頭顱，血液沿著掌心滑落，濺在他的衣袖上，染成刺眼的猩紅。

「師父——！」林父驚恐地叫出聲。

徐鹿擋在林父身前，臉上的震驚無法掩飾，難以相信這是那個善良到天眞的莊天然會做出的事。

封蕭生稍稍一頓，隨即笑了，這是打從莊天然復活後，他笑得最開懷的一次。他悠然地抬手，擋住林琪兒的視線，至於擋得是否完全，他並不在意。

——莊天然從他手上拿走刀時，他就猜到了會有這一刻。

然然，終於長大了。封蕭生心中輕嘆。

莊天然沒有多言，神色冷靜，將師父的頭顱對準斷口後放回。隨著血肉的交融，那道恐怖的傷口竟然迅速癒合了，鮮血倒流回去，最後只留下淡淡的痕跡，轉瞬間也消失不見。

這是這個關卡特有的設定——斷頭與復活。

師父癱倒在地，面色慘白，胸口劇烈起伏著，眼中仍殘留死前的恐懼與驚惶：「無禮！無禮至極！你竟然敢對我動手！」他的聲音沙啞，帶著難以掩飾的顫抖。雖然斷頭能夠復活，但死亡的痛楚和那一瞬間的絕望，已足以將人擊潰。

莊天然緩緩蹲下，手中握著仍滴著血的短刀，眼神涼冷如水，「現在，還是什麼都想不起來嗎？」

師父掙扎著撐起身體，拚命穩住自己的語氣：「我、我已經告訴過你，我什麼都不知道！」

莊天然不再輕信，話語鋒利地直擊師父的謊言：「每次身邊的信徒出事，你都若無其事，這樣眞的是所謂的『一家人』嗎？」

聽到「一家人」的字眼，林父從震驚中回過神，猙獰地大吼：「你竟敢冒犯眞神！我要殺了你！」

莊天然抬眼，目光淡然掃過林父，停留在林琪兒蒼白的臉上，眼中掠過一絲歉意。但他很快收起情緒，緩緩說道：「別急，下一個輪到你。」

那口吻竟有幾分像封蕭生。

莊天然的威脅並非空話，他步步逼近林父，手中的短刀滴落著鮮血，每一步都帶著無形的壓迫。林父雖然嘴上怒喝著，試圖撐起氣勢，但不住顫抖的雙腿出賣了他，慌亂之中，他的手不自覺地摀住了口袋，像是企圖遮掩什麼，這細微的動作沒有逃過莊天然的眼睛。

他一把從林父口袋裡抽出一張揉得縐巴巴的報紙，動作乾脆俐落，林父連阻止的機會都沒有，僅能怔怔地看著對方手中的紙張，臉上血色迅速褪去。

莊天然將報紙展開一看，赫然是篇頭條新聞，標題寫著：「修煉堂驚現侵害案件，警方展開深入調查」，而報導內容如下——

本市某私人宗教團體近日驚傳發生一起侵害案件。受害者林女（化名）放學後前往位於市中心的「修煉堂」，於堂內遭一闖入的蒙面男子侵害得逞。據悉，該修煉堂平日白天人員稀少，當時堂內只有她一人。所幸案發不久後有信徒因臨時需要而前往修煉堂取物，意外發現了異常情況。

蒙面男子見狀立即逃離現場，該信徒也隨即報警處理。據警方初步調查，修煉堂的門鎖並無被破壞的痕跡，懷疑是持有鑰匙之人所爲；令人意外的是，警方在搜查中，於修煉堂辦公室內搜出了數張兒童不雅照，修煉堂的葉姓負責人聲稱照片非本人持有，目前已被警方帶回釐清案情。

此事引起社會大眾廣泛的關注與討論，許多市民與網友對「修煉堂」此宗教團體的眞實面貌表示質疑，並傳出了襲擊林女之人疑似就是葉姓負責人的流言……

林父慌張地伸手想奪回報紙，聲音顫抖而激動：「假的！都是假的！這是抹黑、造謠！」

莊天然皺起眉頭，看著仍在爲師父辯護的林父，心中的不安與憂慮更深一層。警方已在辦公室搜出兒童不雅照，而林父竟對女兒是否遭到師父毒手毫無疑心，反而拚命為其辯護？他開始懷疑林父究竟是真不知情，還是……甘心獻上自己的女兒？

林琪兒聽著他們的對話，雙手顫抖，眼中滿是絕望。她的身體輕輕抽搐，壓抑已久的痛苦與羞辱終於徹底爆發。忽然，她撲通一聲跪倒在地，磕頭不止，額頭撞在地上發出悶響，苦苦哀求道：「求求你們……不要再查了！殺了我吧！一切都是我的錯！」

莊天然連忙扶起她，林琪兒卻甩開他的手，繼續磕頭，額頭上已見血。

「妳起來再說！」莊天然急切喊道。

「不要！我不要！」林琪兒崩潰大吼，披頭散髮地跪在地上泣不成聲，「我不想……讓你看到我更不堪的一面了……」

莊天然愣住，一時語塞，不知如何安撫她。正當氣氛逐漸變得壓抑絕望之際，師父忽然低聲笑了起來。

那笑聲平靜中透著瘋狂與陰冷，他像是被某種力量驅使，喃喃自語般地說著：「我的信徒啊……信奉我這人間唯一真神，便能脫離苦海，得到救贖！可那些愚蠢的世人，總將我視作邪惡，視作異端，從未理解我的苦心！」

他的聲音越來越激昂，眼神燃燒著狂熱的光芒：「我葉伯濤，只是想幫助所有人！帶領他們脫離苦難！爲了這一切，我忍受了多少誤解與指責，但無妨，因爲他們是我的家人、我的孩子！我願意爲他們承擔一切，背負所有罪名！」

林父聽到這番話，立刻跪倒在地，眼中滿是崇拜與瘋狂，聲音顫抖地高呼：「師父萬歲！眞神萬歲！」

葉伯濤越發癲狂，狂笑著轉向莊天然，語氣充滿挑釁：「想殺我？來啊！我是林龍師父——人間唯一眞神，無所畏懼！」

他的聲音如同雷鳴般震耳欲聾，而他的腦海中，此刻正翻湧著過往的記憶。

他看到了自己年輕時的模樣，站在街邊擺攤賣麵，屢次面對被地痞流氓強收保護費、砸攤毀物的場景。那些年，他從苦苦哀求到無聲怨恨，那份無助與屈辱深深銘刻在他的內心。

有一年，某個兄弟邀請他一起「賺大錢」，他起初毫不猶豫地加入，直到事態浮出水面，才發現自己從事的是詐騙。短短數月，他嘗到了金錢帶來的快感，在道德的泥沼中越陷越深，直至兄弟因詐騙和殺人案被判死刑，自己僥倖逃過一劫。這是他第一次近距離面對死亡，感受到生命的脆弱與沉重，於是選擇了另一條路——投身宗教。

他埋葬了自己的過去，用新身分成爲「林龍師父」，一個被信徒景仰、受人頂禮膜拜的存在。在一次次的祭祀中，他確信自己感受到了神祕的力量，並堅信這股力量選中了他，讓他肩負拯救眾生的使命。因此，他覺得信徒爲他奉獻金錢與力量，是理所應當的，就好比求神拜佛一樣。

「供奉你們的神，難道不應該嗎？」葉伯濤先是激動地說著，接著突然又變得沉默，雙眼空洞，喃喃自語：「人在做，天在看。天上有神，人間沒有神。」

莊天然看著情緒不穩的師父，嘆了一口氣，心想：或許他並非單純在欺騙信徒，而是連自己也一起騙了，沉迷於自編自導的虛無幻想之中。

莊天然的目光投向仍在地上泣不成聲的林琪兒，蹲下身，輕輕地扶起她，想起徐鹿對自己的叮囑，他的表情儘可能地柔和，即使在外人眼中毫無差別。

「到底發生了什麼事？告訴我，我會聽的。」

林琪兒抬起頭，淚眼婆娑，滿臉絕望。她的目光在師父與痛哭的父親之間游移，嘴唇顫抖著，卻一句話也說不出口。她的情緒似乎已經徹底崩潰，只斷斷續續地低語：「殺了我吧……都是我的錯……對不起……」

殺了我……

這句話在莊天然耳邊迴響，他感覺到一陣暈眩，彷彿有兩個聲音在他腦海中重疊。抬頭，竟然看見那個一直跟隨在自己身邊的紅衣女鬼正靜靜站在房間門口，目光幽冷，如厲鬼一般直視著眾人。

「殺了我……殺了我……殺了我……」那女人的聲音異常嘶啞，像是經歷過長期折磨，早已壞了嗓子。

莊天然心中一驚，邊防備著女鬼，邊想喊大家注意時，卻對上了女鬼空洞的雙眼——她的眼眶凹陷，也許曾經盛滿生機的眼睛現在空無一物，卻仍有濃稠的血淚緩緩滲出，嘴唇蒼白如紙，微微顫抖著，無聲地訴說著難以言喻的痛苦。

這個眼神，莊天然很熟悉。

他猛然看向林琪兒，再看向女鬼，忽然明白了什麼。

自己怎麼會沒想過這點？冰棍經常是案中人物的投射，這個女人……就是林琪兒的化身，是她內心痛苦的具象化！

這個女人雖然一直跟著他，卻從未眞正對他造成致命威脅，那些瘋狂的行爲、淒厲的哭喊、一句句的「代替我」，以及「救救我」，原來並非單純的恐嚇，而是林琪兒在向他求救。

莊天然內心受到極大的震撼，不由自主將目光投向封蕭生。他終於明白了，爲什麼有時候封哥對待冰棍如此溫柔，甚至帶著憐憫。

因爲這些冰棍的存在不僅僅是恐怖，有些是受害者內心深處執念化作的冰冷形象，等待著誰能讓它們從無盡的折磨中解脫。

他想到當時「小Y」也是如此，無論是死去的同伴化身成的「小Y」，抑或者是楊靈本人，都曾不斷地向外界求救，如果有人早點發現並伸出援手，或許一切不會走到無可挽回的地步。

就在莊天然怔然的片刻，那紅衣女人的身影驟然一閃，隨即消失在門口的陰影中。

四周的人毫無反應，顯然沒有人看到女人的出現，而莊天然已經明白爲什麼只有自己能看見她。

這次，他沒有感到恐懼，而是感到深深的愧疚。

莊天然搭著林琪兒的肩，低聲問道：「妳一直在跟我求救，對嗎？」

林琪兒茫然地看著他，對女鬼的存在一無所知，因此沒能聽懂他話中的深意，不過她的情緒卻因此稍稍平復，聲音微弱地反問：「求救……？」

莊天然沒有回答。他心裡明白，林琪兒或許永遠不會知道自己的怨念無意間化作了冰棍的模樣，但他暗暗發誓，無論如何一定要解開這個案件，解救林琪兒和那些背負怨念的冰棍。

他開始思考冰棍出現的順序，這或許是案件中一大重要線索，首先是轎伕、紅衣新娘、嬰兒、村民、女人、無頭神……

轎伕和紅衣新娘代表著婚禮，嬰兒代表著林琪兒的孩子，村民代表著信徒，女人代表著林琪兒自己，無頭神代表著整個邪門的信仰，或者加害她的人……嫌疑人數眾多，眞正害死嬰兒的，未必是林琪兒，也可能另有他人。

莊天然知道，讓受害者去回顧案發現場是一件殘酷的事，但爲了解開眞相，還是必須這麼做。雖然他在警局也曾經手過幾件性侵案，但每次要做筆錄時，面對悲傷痛哭的受害者，內心依然會感到煎熬。

莊天然仔細思考了如何儘可能避免二度傷害，緩緩開口道：「我想幫助妳解開關卡，所以可以問妳一個問題嗎？如果妳覺得不舒服，可以隨時停止。」

林琪兒怔怔地望著他，眼神依舊困惑。

莊天然壓低聲音，輕聲說：「能不能告訴我案發當天發生了什麼事？對方說了什麼嗎？妳是否還記得他的部分特徵？」

林琪兒似乎沒料到莊天然會問這個問題，原先已經慘白的臉色此刻徹底失去血色，她嘴唇顫抖，捂著肚子，不停乾嘔，像是被觸及到深埋著的恐懼。

莊天然不是第一次面對這樣的反應，他趕緊安撫道：「慢慢來，沒關係，我知道很難開口……」

這時，封蕭生走到他們面前，微笑著打圓場：「然然，你真是不懂少女心，誰都能問，就你不能……」說著又看向林琪兒，像個知心大姊姊似地捧著她的臉說道：「哎呀，眞可憐，別想太多，他是眞的關心妳、努力想解決這個案子——因爲他是警察，這只是他的職業病罷了，知道嗎？」

林琪兒愣怔，似乎被安慰了，卻又覺得有哪裡不對勁，但注視著對方漂亮又溫柔的眼睛，她不知不覺漸漸平復激動的情緒。

「警察……」她喃喃自語，眼神中浮現一絲懷念，「那個時候……有一個警察對我很好，還買了奶茶請我喝，他們都很努力想幫助我……」

封蕭生順著林琪兒的話循循善誘，放輕聲音說：「我們都想幫助妳，所以告訴我妳記得什麼事，好嗎？」

林琪兒雙眸失神，嘴裡不自覺地喃喃道：「月亮……」

「月亮？」

林琪兒倒抽一口氣，像是說溜了什麼，只急急吐出幾個字便緊閉嘴巴，雙手死死抓住封蕭生的衣角，哀求道：「我不知道！我……我不想再想起來了！這樣就好，不要再查下去了，好不好？」

「唉，何苦爲難師妹呢？忘了前世的苦痛，不正是大徹大悟、皆大歡喜的道理嗎？」葉伯濤在這時插了話。

莊天然沒想到即使他們已經揭開了葉伯濤的假面具，對方依舊能夠迅速變臉，維持著「林龍師父」慈祥寬容的形象。

莊天然眉頭微蹙，「我們是在幫她，不是爲難她。」

葉伯濤手掌輕輕一合，微微點頭，慈悲地看著莊天然：「未經他人苦，莫勸他人善啊。警察先生，你可知步步進逼的後果？剛才脅迫本道友的模樣，可半分都不像人民保母的樣子呢。」

莊天然察覺到葉伯濤在得知自己是警察後，語氣中帶著更重的敵意，他暗暗記下對方的反應，冷靜地說：「我承認，以暴制暴不是最好的方法，但現在是非常狀況，以前我太過理想化，總想顧全大局……現在我知道了，人不可能永遠面面俱到，每個人都有自己最重要的東西，我必須全力去守住它，而不是什麼都想保護，結果什麼都失去。」

葉伯濤冷笑一聲，語氣依舊帶著那種「師父」特有的虛偽慈悲，指向封蕭生：「所以，對你來說，最重要的就是那個女人？爲了她，你甚至願意犧牲我們這些無辜的人，呵，眞是自私啊，這世界果然是苦海，人心險惡啊！」

葉伯濤邊說邊看向眾人，慷慨激昂的模樣彷彿在演講，企圖得到每個人的認同。而這時莊天然卻說：「不，對我來說，最重要的是眞相。」他直視著葉伯濤，語氣鋒利：「我會那麼做，是因爲你有所隱瞞、知情不報。」

葉伯濤臉色微微一變，但很快恢復冷靜，口氣多了幾分惡意：「我說過不知道，你怎麼還咬著不放？」

莊天然直截了當地道：「那兒童不雅照的事情，你又怎麼解釋？林琪兒說的月亮，不就是你修煉堂的代表圖騰嗎？」

葉伯濤臉上笑容僵住了一瞬，但旋即冷笑起來，聲音拔高：「說過了，那是抹黑！我葉伯濤堂堂正正，何必辯解這些污衊之詞？警察先生啊，放手吧，別像條狗一樣咬著不放，睜一隻眼、閉一隻眼，大家都好過。」

「曾經犯下的罪，不會隨時間消失，你應該爲你做過的事負責。」

葉伯濤大笑出聲，聲音迴盪在房間裡，態度狂妄，「哈哈哈！我乃唯一眞神，你不該質疑我！很好，很好！你會後悔的！」

莊天然皺著眉頭，凝視著葉伯濤的狂態，不知對方是眞的相信自己「神靈附體」，還是在以瘋狂掩蓋內心的恐懼與算計。

就在兩人爭執時，忽然一道聲音打斷兩人的談話，房間的門突然被推開，一陣凌亂的腳步聲傳來。莊天然轉頭，竟看到一群穿著白袍的信徒擁進房間，神情虔誠而狂熱。

「師父！原來您在這裡！」爲首的一名男子大聲喊道，語氣滿是激動和興奮。

莊天然愣住。信徒竟然全都進門了？難道……葉伯濤並沒有關門，他們誤會他了？

信徒們像潮水般湧入，將整個房間塞得滿滿當當，他們無視了莊天然等人，目光灼灼地落在葉伯濤身上，眼中充滿了瘋狂與崇拜。

「祭祀時間到了，今天還沒誦經吧？」其中一名信徒恭敬地說，雙手合十。

「是啊，師父，請賜予我們平安。」其他信徒也跟著附和，語氣中充滿期待。

葉伯濤面色一僵，不知爲何額上滲出細密的冷汗，他似乎想後退，但面對信徒的注視只能勉強坐下，雙手合十，開始唸誦經文：「唯一眞神，庇佑眾生，脫離苦海……」

他的聲音微微顫抖，但信徒們卻似乎並未察覺，閉上眼睛，虔誠地隨著他的節奏低聲唸誦，房間內迴盪著經文的聲音。

就在葉伯濤唸到一半時，一名信徒忽然睜開眼睛，語氣平靜卻透著疑惑：「師父，您唸錯了。」

葉伯濤微微一怔，「不可能，我一直都是這樣唸的。」

另一名信徒也睜開眼，緊盯著他，「您錯了，師父，您沒有眞心賜予我們平安——否則，我們怎麼會死？」

這句話讓葉伯濤臉色瞬間變得慘白，冷汗從額頭不斷滴落，聲音顫動：「你們……

在說什麼？」

信徒一個接一個地站起來，眼神變得空洞而冰冷，「如果不是您把門關上，我們怎麼會死？」

「不！我沒有！」葉伯濤驚恐地後退，聲音中帶著濃濃的絕望和恐懼，「我沒有害你們！」

信徒們一步步逼近，不斷重複著相同的話語：「如果不是您把門關上，我們怎麼會死？」

「我哪有？我沒有！」葉伯濤瘋狂地搖頭，大聲喊著，但聲音很快淹沒在信徒們不斷重複的質疑聲中。

信徒們猛撲而上，一層層地將葉伯濤壓倒在地、將他埋葬，葉伯濤感到窒息，臉色越發慘白，雙手在空中絕望地掙扎著，口中發出驚恐的尖叫。

林父站在一旁，臉色難看，身體微微顫抖，似乎想要上前幫忙，但雙腿卻如灌鉛一般無法動彈。

莊天然見狀，立刻要上前救人，卻被徐鹿一把抓住手臂，「你又想幹嘛？還沒學夠教訓嗎？這種人幹嘛救！他自作自受，活該！」

莊天然明白非常情況需要非常手段，但他並不是想置葉伯濤於死地，在他看來，葉伯濤應該接受正當的審判，而不是被私下處決。正當他準備辯駁，卻在對上封蕭生的目光時，微微頓了一下。

他無法忘記自己死而復生時封蕭生的表情。葉伯濤不是等閒之輩，即使被砍頭也不肯透露半句真話，他們很難從對方口中得到線索，但如果關卡就此結束，他們都能安全離開……在這一刻，莊天然頭一回產生了猶豫。

莊天然盯著那隻求助的手，心裡閃過一瞬糾結。他知道葉伯濤可能罪孽深重，但眼前見到的慘況仍讓他有些不忍，而且，若是就這樣放任不管，林琪兒的案子也許就再也無法翻案，真相會永遠埋沒。

他的理智和本能拉扯一會，最終還是低聲說了一句：「我……我做不到見死不救。」說罷，便抬腳朝葉伯濤的方向走去。

這時，一隻手按住了他的肩膀，力道不大，但穩穩地讓他停了下來。莊天然抬頭，看見封蕭生正用那雙溫柔的眼睛注視著自己，「然然，我明白，不過你再看清楚。」

莊天然愣了一下，重新審視眼前場景。他細細觀察後發現，那些壓在葉伯濤身上的「信徒」並沒有進一步的攻擊行為，葉伯濤還能大聲呼救與掙扎，也不像窒息的模樣。

「這是怎麼回事……」莊天然不解。他以為那些冰棍是來尋仇。

「別忘了，那些人沒進門也不會死。」封蕭生聲音平靜但意味深長，「他只是被自己的罪惡感壓垮了，就像林琪兒和那位紅衣小姐。」

莊天然錯愕，「你也看得見那個女人？你早就知道她是林琪兒的化身？」

封蕭生嘴角微揚，語氣輕柔，「看不見，但你說過的話我都記得。」

就在此時，壓在葉伯濤身上的那些「信徒」突然產生異變，原本僵硬的身體逐漸變形，脖子拉長，彼此交纏，彷彿某種詭異的植物藤蔓，逐漸形成一坨巨大的怪物，想與葉伯濤合而為一。

「一家人……一條心……珠聯璧合……白頭偕老……」怪物發出的聲音低沉緩慢，

宛若來自地底的怨靈。

葉伯濤被怪物纏住，動彈不得，臉上滿是恐懼，像個被捕的獵物。他眼睛瞪得老大，惶恐地喊道：「不！放開我！我什麼都沒做！」

怪物的聲音越發陰沉，無視他的辯解，不斷重複著——「一家人……一條心……珠聯璧合……白頭偕老……」

莊天然赫然明白，「這就是最後一道儀式？」

封蕭生微微頷首，「看來是的，是時候接受審判了。」

葉伯濤的呼救沒人應答，又聽見他們的對話，像是聽到了什麼可怕的判決，他猛地掙扎起來，急急尖聲喊道：「我是無辜的、跟我沒關係！出事那天我人在醫院，我有證據啊！」

話音方落，忽然一陣熟悉的警報響起，房內燈光瞬間熄滅，四周頓時陷入無邊的黑暗。莊天然的心臟猛地一跳，腦中一陣暈眩，再度睜開眼時，發現自己已經身處在另一處空蕩蕩的空間，四周靜得可怕，一盞吊燈點亮了桌上的投票箱和紙牌。

不變的規則，不變的箱子，唯一不同的只有桌上的紙牌。

這次總共有六張，背面印著黑色的月亮，正面是猩紅如血的字跡，分別寫著：

「掙扎」

「無辜」

「偏執」

「冷靜」

「悔意」

「虛妄」

莊天然看著手裡的卡牌，手心泛出一層冷汗。投票箱出現，意味著最重要的線索解開了，真相已近在咫尺，但問題是——

他眉頭緊鎖，視線在那些字詞間徘徊，低聲喃喃：「到現在還沒有明確指向凶手的線索……到底是什麼觸發了投票箱？」

07 赤裸

時間一分一秒流逝，莊天然還沒想出答案，投票時間已結束。

周圍場景逐漸變得模糊，彷彿被一層無形的霧氣吞噬，待視野恢復清晰，眾人回到了原來的房間。四周靜悄悄的，化爲怪物的僞信徒們已經消失得無影無蹤，似是一場虛幻的夢境。

葉伯濤鬆了口氣，但他隨即臉色一變，神情肅穆地緊緊盯著林父，目光閃過一瞬難以察覺的怨毒和惱怒，彷彿在控訴對方不可饒恕的罪行。他緩緩走向林父，語氣中帶著一股令人不寒而慄的冷意：「你忘了你的神嗎？忘恩負義的東西！」

林父臉色一白，驚恐地跪了下來，雙手顫抖著，用力地磕頭，磕得咚咚作響，「原諒我！師父！請原諒我！我不是故意的啊……」

林父額頭紅腫，很快見了血，林琪兒拚命想把父親拉起來，然而林父卻充耳不聞。

莊天然看不下去，上前試圖幫忙拉起林父，「你清醒一點！」

林父卻倔強地甩開莊天然的手，憤怒中挾帶著一絲驚慌：「師父，別聽他們的，我絕不會背叛您！」

葉伯濤含笑注視著眼前混亂的場景，目光卻帶著令人不安的冰冷與蔑視。他攏好衣袍，保持著偉大莊嚴的形象，看向莊天然，淡笑道：「想知道眞相？你眞的準備好承擔了嗎？」

林父慌亂地阻擋，「不！師父、求求您，我、我會更虔誠信奉您！」說完便從口袋裡拿出錢包，竟是想要掏錢。

莊天然心想：林父反應如此激動，難道眞的是他主動獻上女兒？還是說，連嬰兒也是他獻給師父的「貢品」……

「爸爸！別再說了！」林琪兒頭一次大聲喝止，硬是將跪在地上的林父扶了起來，這回林父沒有再掙扎。她臉上滿是焦急，連聲催促著：「你剛剛沒投票吧？求求你，別亂來啊！」

林父愣了一下，隨即否認：「當然沒有！」然而，他閃爍的眼神卻在徐鹿和莊天然之間游移，顯得有絲心虛。

徐鹿敏銳地察覺到了林父的微妙反應，臉色一沉，滿是憤怒與警戒，「死老頭，你該不會想投我吧⁉」

「胡說八道！沒禮貌的臭小子！」林父臉上露出一抹惱怒，語氣激動得顫抖，但這過度的反應反而顯得更加可疑。

林琪兒見狀，眼眶泛紅，著急地哭著說：「爸！我跟你說過了，票錯人也會死的！你真的沒投吧？我只剩下你了，你不要亂來好不好……」

林父看著林琪兒淚流滿面的臉龐，眼中瞬間閃過不忍和一絲內疚。他緩緩將手放在女兒的肩膀上，聲音放軟，帶著些許安撫的意味：「好、好，我的寶貝，爸爸愛妳，都聽妳的！妳放心。」

林琪兒垂著頭，依然無法止住啜泣。

莊天然看著父女情深的畫面，忍不住嘆道：「不管誰是凶手……對這家人都太殘忍了。」

封蕭生點頭表示認同，雖然面帶微笑，卻帶著一絲不易察覺的冷漠，「確實，眞相很多時候比謊言殘忍。」他轉向莊天然，眼中寒意稍微減退，溫聲道：「所以你才不問我關於『室友』案件的細節，不是嗎？」

莊天然愣了一下，沒有多想便反駁道：「我有想問。」

「但你沒有問。」封蕭生輕輕撩開莊天然的髮絲，目光深邃地望著他，彷彿看透了他的所有掙扎與矛盾，「你想知道眞相，但你害怕。」

莊天然徹底怔住，他以爲自己爲求眞相可以不顧一切，然而此刻，堅守的信念一下子便崩塌了。

他從未注意過自己無意識的行爲，原來自己竟會害怕？這麼多年來，他一直拚命尋找眞相，怎麼可能會不想知道答案……但當封蕭生這樣說起，他才發現，自己明明有很多次機會開口，卻總是想著「下次一定問」，難道這表示自己在無意間逃避了答案……

「然然，沒事的，我只是想告訴你，害怕也沒關係。」封蕭生按住莊天然的肩膀，穩住他大受動搖的情緒，隨後又捏了捏他的臉頰，「你對林琪兒特別照顧，不就是因爲你理解她的害怕嗎？但，該往前走了。」

說完，封蕭生走向林琪兒，明明依舊微笑著，卻像是換了一張臉孔，「然然沒問的問題，我來替他問吧——妳的肚子沒事吧？」

林琪兒眼神微微閃躲，語氣中帶著不確定，「什、什麼？」

封蕭生微微一笑，步伐從容，如同漫步在花園中般閒適，周圍的氣氛卻因他的靠近而變得緊繃。

「林小姐，」他語氣輕柔，精準地捕捉著林琪兒的每一個細微變化，一一細數：「妳最近似乎經常感到疲憊，呼吸困難，還有腹部疼痛……」

林琪兒聞言，整個人如遭雷擊，眼神慌亂地四處閃躲，不敢與他對視，「什、什麼？我不知道妳在說什麼！」她結結巴巴地道，聲音裡帶著明顯的顫抖和不安。

封蕭生緩緩說出結論：「妳懷孕了。」

林琪兒的臉色瞬間蒼白如紙，雙手緊緊抓住自己的衣角，指節泛白。她猛地搖頭，聲音尖銳而急促地否認：「沒有！怎麼可能！我沒有！」她的聲音有些失控，顯得格外刺耳，同時不斷後退，似乎想要逃離這個令人窒息的話題。

就在這時，她下意識地低頭看向自己的腹部，令人難以置信的事情發生了——她的肚子竟然詭異地開始脹大，如同被無形的力量推動著，迅速地膨脹起來。

「不要！不可能！」林琪兒崩潰地尖叫起來，聲音中充滿了絕望和恐懼：「我明明已經……爲什麼又……嗚嗚嗚……」她抱著頭，整個人陷入了歇斯底里的狀態，彷彿被無邊的黑暗吞噬。

林父看到女兒這副模樣，驚慌失措地跑過來，臉上寫滿了驚懼，「琪兒？怎麼回事？怎麼會這樣！」他的聲音因爲緊張而急促，眼神在女兒和眾人之間來回游移。

忽然，他的表情從驚慌轉爲憤怒，雙眼死死地盯著徐鹿，「是哪個野男人？是不是那個臭小子！」他怒吼著，揮舞著拳頭，猛地朝徐鹿衝去，「我要殺了他！」

徐鹿被突如其來的攻擊嚇得退後一步，還未反應過來，莊天然迅速擋在林父面前，伸出手攔住他，語氣堅定且冷靜：「林先生！請你冷靜，我們這段時間沒有接觸過林小姐！而且現在情況不正常，這可能是關卡導致的異變。」

他同樣擔心林琪兒，但現在關心則亂，懷孕不可能讓肚子一瞬間脹大，這很有可能是關卡產生的幻覺！

林父的拳頭僵在半空中，呼吸急促，目光在莊天然眞誠的眼神中逐漸平靜下來，臉上的表情從憤怒轉爲迷茫。

莊天然見他情緒稍稍穩定，轉身走向情緒崩潰的林琪兒，輕輕蹲下身，與她平視，「這可能只是幻覺，我們先調查清楚，再一起想辦法。」

林琪兒抬起頭，滿臉淚痕地看著他，眼中充滿了絕望，「你不懂！我受不了了！我受不了了！」她的聲音嘶啞而痛苦，宛若一切已無可挽回，「爲什麼要這樣對我？爲什麼又來一次？」

說完，她猛地從地上撿起一塊碎裂的磚頭，毫不猶豫地朝自己的腹部刺去。

「不要！」莊天然驚呼，伸手想要阻止，但一切已經太遲。他眼睜睜地看著鮮血從她的腹部湧出，鮮紅的血液染紅了她的衣服，不斷滴落在地面上。

「琪兒——！」林父撕心裂肺地喊著，瘋狂地衝過來，一把推開莊天然，抱住了倒下的女兒。

林琪兒卻沒有看父親一眼，她的目光依然停留在莊天然身上，臉色蒼白，嘴角卻露出一絲淒美的微笑，聲音微弱而斷斷續續：「孩子……那個孩子……就是我殺的，是我親手掐死的……對不起，我讓你失望了，你那麼相信我。」

莊天然愣在原地，腦海中一片空白，一時之間無法將眼前的情景與剛才的對話連繫起來，心中湧起一股難以形容的悲痛和震驚，但他很快回過神來，迅速撕開自己的衣服，對林父說：「讓開！我先幫她止血！」

莊天然用布料緊緊按壓住林琪兒的傷口，手上已經滿是鮮血，但他毫不在意，只想盡快止血。

隆起的大肚子果真只是幻覺，她刺穿的是自己平坦的腹部。

林琪兒因疼痛而皺起眉頭，但她的眼中卻反倒帶著平靜，「我終於要解脫了……」她輕聲說道，語氣中流露些許釋然。

「還沒結束！」莊天然語氣堅定，「傷口可能不深，我們可以救妳！」

然而，林父竟突然情緒失控，他抓著林琪兒的雙肩，不顧傷勢，不斷搖晃著她的身體，眼中布滿血絲，大聲咆哮：「琪兒！妳怎麼可以做這種事！妳不要爸爸了嗎？爸爸這麼愛妳，妳怎麼可以做這種事！」

林琪兒痛苦卻沒有掙扎，默默地流著淚，並沒有回應父親的責問。

莊天然猛地將憤怒的林父推開，「林先生！不要動她！」徐鹿立刻幫忙接手，將林父壓在地上，吼道：「你瘋了嗎!?你想害死你女兒嗎！」

林父不斷掙扎，大吼著：「那是我女兒！是我的！」

林琪兒對身周一切混亂無動於衷，她的目光始終溫柔地注視著莊天然，彷彿想要將他的模樣深深地刻在腦海裡。她小聲低喃：「雖然很短暫，但認識你，是我生命中最快樂的時光。」

莊天然聽見她的話，一時不知該如何回答，他們之間並沒有太多的交流，甚至連認識都只能算勉強，他不明白林琪兒爲什麼會這麼想。

「你不知道吧？」林琪兒輕聲說道，眼中閃過一絲羞澀和哀傷，「在轎子關卡時，你救了大家，那時候我就喜歡上你了……但是我知道，我一點都不討人喜歡，所以你不會注意到我……」

莊天然回道：「沒有的事，妳很好。」

林琪兒搖了搖頭，淚水再次滑落，「但是你不喜歡我……誰都不會喜歡我……」

莊天然沉默片刻，猶豫了一下，嘆了口氣，「很抱歉，我的確沒辦法把妳當成對象，但這並不是因爲妳不夠好，我……有一個喜歡很久的人。但因爲我的疏忽失去了他，我沒有資格愛人，但妳不一樣，妳很細心，妳會在我需要的時候遞給我髮圈，是一個溫柔的好女生，未來一定會有人懂得珍惜妳。」

林琪兒愣了一下，隨即哭了起來，聲音哽咽：「我知道，我知道你喜歡別人，我知道……」

莊天然輕輕地爲她拭去眼淚。

林琪兒的身體微微顫抖，氣若游絲：「從小到大，我都沒有什麼朋友，因爲身上戴滿了爸爸給的符咒，她們都說我很可怕，不敢跟我玩……其實修煉堂裡的叔叔阿姨都對我很好，只是沒有人陪我玩，我好寂寞……」

莊天然握住她的手，篤定地說：「等我們離開後，我當妳的朋友，好嗎？」

林琪兒勉強地笑了笑，然後輕輕搖頭：「只有我死了，你們才能離開。」

莊天然皺眉，「只要找到關鍵線索，我們就能一起離開，妳要撐下去。」

她慘然一笑，眼神中滿是疲憊和絕望，「別管我了，讓我走吧，我眞的好累……」

莊天然還想再說什麼，卻聽到一聲輕微的嘆息。葉伯濤不知何時站在他們身後，居高臨下地看著林琪兒，眼中帶著複雜的神情，似乎是憐憫，他道：「也算是我看著長大的孩子啊……」

他從懷裡緩緩掏出一張照片，用供桌上的火柴點燃，扔進了香爐。火焰迅速吞噬了照片，場景開始異變，四周的牆壁出現裂痕，地面瘋狂震動，彷彿整個世界即將崩塌。

莊天然赫然一驚，喊道：「關鍵線索!?你一直都帶在身上？」

「我暗示過你，是你不願加入。」葉伯濤雙手合十，閉上眼睛，口中輕聲唸著經文，神情平靜。

莊天然聽著熟悉的經文，想起儀式一開始他們集體誦經時燒的照片，那竟然就是關鍵線索之一！

這次的關鍵線索，不只一張！

莊天然急忙衝上前，試圖從香爐裡拿出僅存的照片，但照片已經燒燬大半，他慌亂地拍打餘火，才終於搶救到半張燒得焦黑的照片。

但當他看清上面內容時，整個人如墜冰窟。

——即使上半部已燒得不見了，仍能看出這是張裸著下身的女嬰，下體被男人用手侵犯的噁心照片。

莊天然手一抖，差點沒拿穩，無法再次直視。

當時，葉伯濤燒的就是這種照片，而且竟然不只一張。他頓時想起新聞報導提到的不雅照風波，猛地衝上前揪住葉伯濤的衣領，「混帳！這麼小的孩子你也下得了手!?」

莊天然氣得聲音顫抖，簡直憤怒到了極點。

葉伯濤卻異常平靜，漫不經心地轉頭對林父說了一句：「林師兄，是我嗎？」

林父臉色瞬間煞白，下一秒竟然跪了下來，一句話都不敢說。

莊天然頓時背脊一涼，冷意沿著脊背蔓延。這一刻他忽然理解了，爲什麼葉伯濤曾經說：「想知道眞相？可你眞的準備好承擔了嗎？」還有，爲什麼封哥會說：「確實，眞相很多時候比謊言殘忍。」這些話背後眞正的含意……

忽然莊天然手裡一空，只見林琪兒爬起身，用盡最後的力氣從他手中搶過照片，毫不猶豫地撕碎並塞入口中。她狼狽地呑嚥著，猩紅的雙眼滿是歉意，眼前彷彿出現了幻影，她哭著對無形的嬰兒說：「對不起……對不起……」

葉伯濤見到此情此景，依然張開雙臂，一副大義凜然的模樣說道：「我是眞心把你們當作至親啊！即便身陷危險，也從未鬆口半句眞相，是不是啊，林師兄？」他瞥向跪在地上的林父，冷冷地道：「別以爲燒燬照片就能洗清罪孽，你對親生女兒、親孫女做的那些骯髒事，難道眞以爲沒人知道？神明可都在看啊。」

林父瞬間崩潰，不斷磕頭，額頭用力撞擊地面，鮮血再次從傷口不住流下，染紅了冰冷的地板，吐出滿是驚恐與懇求的話語：「師父！師父！您再幫幫我！我一定會更誠心祈求、供奉師父！求您救救我，我不要下地獄！」

莊天然站在一旁，感覺全身冰冷，指尖發麻，血液彷彿完全凝固。他看著眼前的場景，腦中不斷閃過林琪兒痛苦與崩潰的畫面，終於拼湊出那背後深藏的、不堪的眞相。

他深吸了一口氣，怒火在胸中翻湧，終於忍無可忍地看向葉伯濤：「葉伯濤，你口口聲聲說是在保護他們，但你只是個知情不報、甚至以此謀財、助長犯罪，惡劣至極的共犯！」

莊天然知道，葉伯濤口中說著「爲了至親」，遲遲不肯交出關鍵線索，實際上只是捨不得放棄威脅林父的把柄。

雖然這關的凶手是林琪兒，但在場每一個人都有罪。

林父已經被撕開最醜陋的眞面目，卻仍不要臉地爬向林琪兒，朝她伸出顫抖的手：「琪兒！妳愛爸爸對不對？爸爸知道，妳是世界上最愛爸爸的人，跟妳媽那個賤女人不一樣，妳不會拋棄爸爸，對不對？」

林琪兒看著父親諂笑的臉，頓時感到一陣反胃，彷彿遺忘的記憶如潮水般湧來。

在她很小的時候，父母便經常爭吵。媽媽尖銳地叫罵，爸爸暴怒地咆哮，尤其媽媽只要情緒不好，就會把怒火發洩在她身上，不停地對她甩巴掌。

林琪兒記得那些巴掌有多疼，讓她的臉經常腫起來，有時還會流鼻血，只要她一哭，媽媽就會更加憤怒，所以她總是忍著不敢哭，但常常忍不住。直到有一天，媽媽忽然就走了，再也沒有回家。那一刻，她心裡雖然有些難過，但竟也生出一絲輕鬆，彷彿終於擺脫了長久的枷鎖。

她以爲自己迎來了自由，卻沒想到，那才是噩夢眞正的開始。

自從媽媽離開後，爸爸的情緒變得更加不穩定，他白天常常外出，似乎是加入了某個不曾聽過的宗教，夜晚則帶著濃濃的酒氣回家。每當喝醉時，他就會將自己攬在懷裡，怒斥著媽媽的名字，罵媽媽如何冷酷無情，拋下他們不顧而去。林琪兒只是默默地靠在爸爸懷裡，不敢動彈。

她以爲，這是爸爸愛她的方式。

可漸漸地，爸爸的舉止變得越來越異常，他眼神裡閃爍著她看不懂的情感，雙手不再只是抱著她，而是撫摸著她的背部和肩膀。

她隱約記得那天晚上，爸爸像往常一樣醉倒在沙發上，呼吸粗重，嘴裡還叨唸著什麼。她洗完澡回房間準備睡覺，爸爸忽然推開她的房門，滿身酒氣地坐在她的床邊，他的手在她身上摩挲著，嘴裡喃喃著說愛她。

「妳跟妳媽不一樣，妳是最愛爸爸的人，對吧？」他的聲音沙啞，帶著一絲脅迫般的愛意。

後來發生什麼事、爲什麼會發生，她已經記不清，也不願去回想。

不久後，爸爸帶她一起去了修煉堂，並介紹她認識了「師父」。

師父總是掛著和善的笑容，但她現在只要看到男人的笑容，都會感到無比恐懼。

在修煉堂裡，他們集體膜拜師父、反覆背誦經文，並且大筆捐獻，每年捐獻最多的人就能被師父寫進功德牆上，據說被記錄在上面的名字都能洗清罪孽，將來羽化成仙。

她在上面看見了爸爸的名字。

而後每次去修煉堂，她都會去看那面牆，爸爸的名字始終都在上面。

師父常常要求大家坦露內心的痛苦，但她說不出口。每當她沉默太久，師父就會以那雙彷彿看透一切的眼睛注視著她，讓她無所遁形。師姊們也會圍上來關切她、鼓勵她，就在這時，她發現自己不知何時對「人」產生了抗拒，害怕與他們接觸。

她開始不想去學校，也不想去修煉堂，但爸爸總是會逼迫她，套在脖子上的護身符讓她覺得自己就像被套了項圈的一條狗，就像那些夜晚一樣——只能順從。

她曾經想過反抗，並嘗試鎖門，但爸爸總會醉醺醺地邊砸門邊怒吼：「打開！把門打開！爲什麼鎖門？妳怕爸爸嗎？爸爸這麼辛苦都是爲了妳！」

她摀著耳朵，害怕地不停發抖，幾次下來以後，爸爸沒有再進入她的房間——但不久後，便發生了修煉堂裡的那件事。

她聞到了濃濃的酒氣，看見了熟悉的黑痣，她的內心防線徹底崩潰。

那瞬間她第一個念頭是：被別人發現怎麼辦？爲什麼？爲什麼是我？爲什麼爸爸要這樣對我？爲什麼……爲什麼只有我……

後來因修煉堂裡忽然有其他人走進來，爸爸慌張地鬆開了她，匆忙逃離現場。

從警局做完筆錄回到家後，她的情緒徹底崩潰了。她對著爸爸大吼，控訴他的所作所爲，把家裡的東西砸得亂七八糟，甚至在手臂劃滿傷痕。

爸爸被她的反應驚呆了，愣了好一會，才小聲地道歉：「琪兒，爸爸錯了，爸爸再也不會了……」隨後，他又開始哄她，買了許多她喜歡的東西。

沒有喝酒的爸爸，其實就和還未變調的那些年一樣，沒有什麼不好的。她理解爸爸的痛苦，也理解媽媽的殘忍，理解爸爸獨自將她養大的辛苦，所以，她又再一次原諒了爸爸。

幾天後，爸爸又回到了那個醉酒後敲門的模樣，低聲問她：「妳是不是不愛爸爸了？妳爲什麼不讓爸爸進來？」

她很失望，但她早已沒有期待，她覺得自己的人生本來就每一秒都像在噁心的泥濘中掙扎。

每當那種接觸發生後，她總會把自己反鎖在浴室裡瘋狂地搓洗，好像這樣能讓自己從污穢中清洗乾淨，就像爸爸日日夜夜前往修煉堂，試圖洗清自己的罪孽一樣。

日復一日，她逐漸變得麻木，忽視了身上的一切痛苦與異狀，甚至不再感到疼痛，直到某天她的肚子劇疼，上完廁所後，她在血泊裡看到了一個小小嬰兒。

她生了一個孩子。

恐懼和不知所措之中，她想過沖掉，但又害怕，最後竟然還是只能想到爸爸。她打電話給他，然後爸爸叫了救護車，她和她過小的孩子都被救了起來。

但她不覺得自己被拯救了，她的世界越來越畸形，她只好開始告訴自己，這一切都是因爲爸爸太愛她了，她試著在這份扭曲的情感中找到一絲慰藉，告訴自己這都是愛的表現。

自從那個孩子出現後，爸爸的注意力似乎有所轉移，他不再酗酒，笑容變多了，不再口出惡言，也不再進入她的房間——就像一個正常的爸爸。

雖然那個孩子令她噁心，但爸爸說會顧好孩子，不用她操心。

所以她從來沒有進去房間裡看過那個孩子，只有在夜晚聽見煩人的哭聲，以及爸爸溫柔又耐心的安撫聲。

隨著日子一天天過去，看著如同變了個人的爸爸，她開始隱隱有了期待，或許，未來真的不一樣了。她努力說服自己，一切都會變好。

——而那天，她用爸爸的手機叫外送時，偶然跳出一個名稱怪異的群組訊息，好奇點進去一看，裡頭全是兒童不堪入目的照片。

她雙手顫抖地往上滑，看見了群組中爸爸發送的訊息——是他自己和那個孩子的照片。

她原本已經搖搖欲墜的世界，徹底崩塌了。

等她回過神來，已經不知不覺走進了那個從未進過的房間，親手掐死了小床上那個孩子。

她痛哭、懊悔和恐懼，但又想：

活著太痛苦了，如果她們都活在永無止盡的痛苦中，太可憐了。

隨著身爲關鍵線索的照片被林琪兒吞下，四周環境也從天搖地動中開始變得模糊，彷彿夢境即將退散，他們的身影也漸漸淡化。

林琪兒看著眼前父親可恨的身影，沒有回應父親的呼喊，也沒有拒絕，只是靜靜地看著他，如同在爲那個無法逃離的過去哀悼，也爲自己再也無法擁有的一切悔恨。

剛才回憶的跑馬燈，讓她想起了自己經常作的一個夢——在夢裡她總是拿著一把刀在牆上不斷瘋狂地戳刺，像要把整面牆鑿破一般凶狠，而她刺的位置，就是那面功德牆上父親的名字。

林琪兒眼神中帶著未曾有過的冰冷，對父親低喃：「爸爸，我們都會下地獄的，對吧？」

說完，她的身影便消失在關卡裡。

林父只看見林琪兒的雙唇開合，沒聽清她說了什麼，仍向著她消失的方向拚命揮舞著手，試圖抓住她。忽然，身旁一道凌厲力道猛然襲來，狠狠將他踹向牆邊，林父撞在牆上，額頭腫起膿包，撞歪的鼻子流出鮮血，驚愕地回頭看了一眼，還未看清是誰，身影便完全消失在這個世界。

封蕭生緩緩收回腳，那一踢不費吹灰之力，彷彿不過是掃去一片微不足道的落葉。

而莊天然自從得知真相後，便整個人僵硬得無法動彈。

他站在原地，難以接受，這起案件竟然就這樣結束了。

他眼中充滿著壓抑，無數的疑惑與痛苦壓在胸口，他問封蕭生：「你早就知道真相了？」

封蕭生沒有接話，只是說道：「她說看見了月亮。」

「月亮不就是修煉堂的圖案……」莊天然下意識回道，然而，此刻真相已經明朗，結合之前種種證據，他終於意識到林琪兒究竟看見了什麼——

那並不是指修煉堂的代表符號，而是林父自稱真神賜予、他身上的那枚黑痣。

線索就在眼前，他竟然遲遲沒有察覺。這個發現讓莊天然心中一陣刺痛，既震驚又愧疚。

徐鹿難以置信地嚷嚷：「這個死變態竟然對自己的女兒……怎麼會有這種人！她為

什麼不報警？爲什麼不反抗！」

莊天然沉默。在這種家庭悲劇中，並不是每個人都有勇氣指控自己的父親，尤其他想起林琪兒曾經哭著說：「你是我唯一的家人……」或許，正是因爲她孤身一人，才更加無法擺脫。

他抬頭看向封蕭生，兩人的目光在空中交會。

封蕭生輕聲問：「眞相讓你失望嗎？」

莊天然的心情跌入谷底，內心如狂潮翻湧，無法用言語形容。他不僅爲林琪兒感到痛心，也對這個結果感到無奈和難過。

封蕭生捧著他的臉頰，動作溫柔，目光帶著理解，開口卻是說道：「現在，你還想知道『室友』的案子嗎？」

這句話如同一把利刃，狠狠刺入莊天然的軟肋，在他最爲動搖的時刻，命令他做出艱難且煎熬的抉擇。

在一旁聽著的徐鹿不禁愕然。他一直以爲老闆寵莊天然寵到無法無天、對他盲目的行爲無條件支持，現在他才知道——也許這是一種「捧殺」，當天眞的莊天然失敗了，就會知道痛苦與害怕。

徐鹿曾經無比憤慨老闆對莊天然過分溺愛，但他現在才知道自己錯了，原來，老闆對莊天然比誰都還要嚴厲和殘酷。

1
※徐鹿視角
我……有一個喜歡很久的人。
2
老闆！
老闆娘肯定是在說您啊！
3
然然不是那個意思。
眼神中透露著生無可戀
4
老闆已經被老闆娘的遲鈍搞得不抱任何期待了。
哇……

尾聲

隨著周圍的人一個個消失，這場駭人聽聞的鬧劇猶如播放到一半被折斷的唱片，在最激烈的副歌處戛然而止。

莊天然失神地站在原地，直到所有人的身影消失在關卡之中，他都未能回答封蕭生的問題。

封蕭生離去前，臉上依然帶著一貫的溫雅笑意，語氣溫和卻藏著深意，並在他口袋放入一個東西：「然然，我在綠洲等你。」

莊天然抬眼望向他，對上那雙深邃而難以捉摸的眼眸，一瞬間，千言萬語哽在喉間。他知道，等待自己的或許是不願面對的眞相。

他沒有回答，視線避開了封蕭生探究的目光。封蕭生見狀，無奈地輕輕一笑，身影逐漸隱沒在消散的場景中。

莊天然拿出口袋裡的東西，竟是一支錄音筆，播放後，發現是林父的惡行被揭發，以及葉伯濤被指控藏匿證據的那段對話，這些證詞足以讓案件重新進入調查。

忽然，他注意到門口處出現了一抹熟悉的身影——那個穿著紅色婚紗的女人。

她面無表情地站在那裡，蒼白的手指一如既往地直直指向他。

這一次，莊天然沒再猶豫。他緩緩走向她，腳步堅定而沉穩，接著，伸出雙手輕輕抱住了她，刺骨的冰冷透過衣物傳遞到他身上，皮膚因異於常人的寒冷而凍傷發紫，但他並未退縮，直到女人的身軀微微顫抖，冰涼的淚水滴落在他的肩頭，濕潤了衣衫。

「對不起，是我太晚發現妳的求救。」他沉痛地說。

當莊天然察覺身前一空時，眼前只剩下濃濃的白色團霧，代表著自己已經離開關卡，回到了迷霧之中，四周朦朧一片，熟悉的白色霧氣環繞著他。他低下頭，驚訝地發現手中握著一個兔子髮圈，那是林琪兒曾經遞給他的，現在女人交給了他，這個髮圈飽含著細膩的關懷，彷彿在告訴他：「沒關係。」

莊天然握緊手中髮圈，緩步走向不遠處的神龕，迷霧在他周圍緩緩流動。他站在神龕的金爐前，凝視著跳動的火焰，思緒萬千。

他在金爐前站了很久，久到像是從白天跨越到了夜晚，接著，他伸手拿起一旁的紙筆，開始書寫一封信。

林琪兒：

妳好，我是莊天然。

我想了很久，有些話來不及對妳說。

對於妳，我沒有失望，相反地，我很感謝自己當初並沒有因爲懷疑而帶有偏見地對待妳。

我明白生活不容易，但妳並不孤單，我是眞心希望能和妳成爲朋友。

所以，我會努力早點離開這裡，等我出去後，我會去找妳。

我將這份證據交給妳，因爲我相信妳能辦到。解開眞相之所以重要，是因爲我們都沒辦法用謊言騙過自己一輩子，所以讓我們揭開並終結它吧。

妳不是一個人，我會陪妳一起。
爲此，我也會勇敢面對屬於我的眞相。
等我出去。
祝妳平安健康。

莊天然 筆

他仔細地將信摺好，將錄音筆放入信封，然後封緘。凝視著手中的信件，莊天然的眼中透露出堅定與決心。

他將信投入金爐中，火焰立刻吞噬了信封，化爲一縷輕煙升向天空。

接著他轉身離開，迷霧中，他的身影逐漸遠去，融入了那無盡的白色之中，即使看不見盡頭，依舊義無反顧地向前走。

《請解開故事謎底 04》完

番外 悔

大學宿舍的夜晚，靜謐而涼爽，燈光昏黃地映在一張書桌上。

封蕭生坐在那裡，低頭看著一堆課本和筆記，然而他的心思卻不在學業上，而是在桌上那支無比安靜的手機。

今晚莊天然又出去玩了。

最近，莊天然認識了一群一起打籃球的朋友，週末一到便會興致勃勃地跑出去。起初莊天然還會熱情地邀請他：「封哥，一起去打球啊！兄弟們都說你看起來很會打！」

封蕭生那時只是笑了笑，淡淡地回了句：「今天不行，我有事。」他沒解釋更多，也不願讓莊天然知道自己最近其實一直在打工，爲他們畢業後的生活做準備，畢竟房租、生活費都是不小的開銷，不過，莊天然不須要知道這些。

久而久之，這小傢伙以爲他不喜歡打籃球，就不再約他了，每次都只會傳來一條訊息：「今天玩得有點晚，會晚點回來，再給你帶宵夜。」

封蕭生看著那簡短的訊息，嘴角浮起一絲無奈的微笑。

「只知道哄我。」封蕭生輕聲笑著，搖搖頭，拿起外套出門打工。

日子一天天過去，封蕭生的生活依然在課堂和工作間來回，他的目標很簡單——賺夠足夠的錢，在畢業後和莊天然擁有一個只屬於他們的「家」，那個只有兩人的地方。

封蕭生想著莊天然會露出多麼驚喜的表情，畢竟這是他們從小到大一直期盼的夢想，封蕭生忍不住笑了。

莊天然對於他的忙碌沒有過問，似乎認爲任何事他都能妥善處理，不用自己擔心。因此兩人雖然住在同一宿舍，但好一陣子除了上課以外，並沒有太多交集。

有一次，他半開玩笑地對莊天然說：「你啊，都不關心我。」

莊天然聽了，驚訝地睜大眼睛，「怎麼了？你感冒了？」

封蕭生看著對方那副無辜又遲鈍的表情，忍不住在心底嘆了口氣，他心裡彆扭著，但也不想多說。莊天然似乎永遠無法理解他的心情。

直到那天，莊天然說連假要和朋友出去玩一週，而在那幾天，他似乎是玩瘋了，並沒有發來任何報備訊息。

宿舍裡安靜得有些過分，封蕭生看著空蕩蕩的房間，莫名感到一絲無法言說的空虛，這是他一向游刃有餘的生活裡，第一次產生了小小的裂縫。

他拿起手機，發了一條訊息：「玩到都忘記家裡人了？」語氣中帶著一絲調侃的口吻，像是淡淡的抱怨，卻也挾帶著他自己都不願承認的期盼。

後來封蕭生沒有等到莊天然的回音，並非莊天然沒有回覆，而是封蕭生並沒有料到，自己將會在幾小時後離開現世——這是他傳給莊天然的最後一封訊息。

在那之後，封蕭生在關卡裡穿梭，他並不是一開始就想起莊天然這個人，雖然擁有照片，但並不能理解照片代表的意義。直到一次次闖關中得到了線索，才真正想起這個在自己生命中佔據最重要的位置，比自己更重要的人。

他想，既然自己到了這裡，那麼莊天然也一定會出現。

在綠洲等待莊天然的這些日子，封蕭生希望莊天然不曾忘記自己，甚至有一絲幽深隱密的期盼——希望他無法自拔地忘不了自己，如同自己一樣。

幾年後，封蕭生終於在關卡中找到了莊天然。

而莊天然已經變了，眼神空洞而冷淡，沒有絲毫過去的純眞和熱情，不再輕易付出眞心，變得沉默寡言。

他才知道，莊天然不僅沒有忘記自己，甚至對這件事深深地感到自責，認爲是他的疏忽，才會導致自己失聯。

封蕭生這輩子從未對自己做過的事感到後悔，唯有這一次，他後悔傳了那封簡訊。

——如果時間重來，他會安靜地消失，讓莊天然將他永遠遺忘。

〈悔〉完

後記

小冰棍們好~很開心又和你們見面了!(我好像每次都說這句,啊就眞的很開心&小冰棍這個名字是之前大家在IG廣播區選出來的粉絲名♡)

這次的劇情銜接上一本的內容,結合起來是一個完整的案件,因爲希望以後的集數都能維持在一集一個案件、有完整的伏筆及起承轉合,所以這集的厚度和上一次相同,謝謝大家的包涵(雙手合十)

這集的內容漸漸解開了室友案的伏筆,也是然然個人心境上開始轉變的契機。

相信每個人無意識中,都會有想逃避的事情,雖然知道很重要、雖然以後可能會後悔、雖然知道不可以,但總是忍不住一再地拖延,總想著下一次一定會做到……比方說每次都想下次段考一定要提前準備(不對)

然然正義又勇敢,但他也有克服不了的心魔,希望他能克服難關,不過就像封哥說的：「有我在，你不用那麼勇敢。」我們不用那麼勇敢，隨時可以尋求家人或朋友的協助與支持，就像然然不是一個人，會有封哥陪著他一起面對。

再說到封哥，不知道結尾大家對於封哥突然的嚴厲（？）有沒有感到驚訝，其實封哥對然然一直都是一邊寵一邊教育，就像小時候他會強迫然然跑一整座山鍛鍊體力，不曉得大家有沒有發現哈哈～我想一定是有的，希望然然能理解封哥的用心良苦。（不過他就算不理解也會全盤接受就是了，因爲對他而言，封哥是電是光是唯一的神話）

關於這次林琪兒的案子，其實掙扎了很久，要不要寫出這樣殘酷的設定？但在做了很多功課以後，還是認爲，我們得接受這世界就是會有如此殘酷的陰暗面，避開它不代表它不存在，因此我寫了出來。對我而言，它不光是一段駭人聽聞的劇情，更是想傳達有時受害者不說、不控訴、不反抗，可能是由於環境、眾多複雜的情感因素與社會觀感等原因，所以很難責怪受害者，而且責怪他們也沒有用處，但放任加害人，一定會造成更大的傷害。

雖然是個沉重的議題，但一如《謎底》的風格，希望能透過封哥和然然帶給大家勇氣和力量。

我們要一起變好，世界上有很多東西是有限的，石油、土地、金錢等等，但快樂是無限的，我們不須要爭搶，也能讓每個人都能擁有，願全天下的人都擁有。

景 2024.12.10

國家圖書館出版品預行編目資料

請解開故事謎底／花於景 著.
——初版. ——台北市：魔豆文化出版：蓋亞文化發行，2025.02
冊；公分.（Fresh；FS235）
ISBN 978-626-7542-14-9（第4冊：平裝）
863.57 113020015

fresh FS235

請解開故事謎底 04

MURDEREROFUS

作　　者　花於景
插　　畫　PP
裝幀設計　高橋麵包
總 編 輯　黃致雲
發 行 人　陳常智
出 版 社　魔豆文化有限公司
發　　行　蓋亞文化有限公司
地址：台北市103承德路二段75巷35號1樓
電話：02-2558-5438　傳眞：02-2558-5439
電子信箱：gaea@gaeabooks.com.tw
投稿信箱：editor@gaeabooks.com.tw
郵撥帳號 19769541　戶名：蓋亞文化有限公司
法律顧問　宇達經貿法律事務所
總 經 銷　聯合發行股份有限公司
地址：新北市新店區寶橋路二三五巷六弄六號二樓
電話：02-2917-8022　傳眞：02-2915-6275
港澳地區　一代匯集
地址：九龍旺角塘尾道64號龍駒企業大廈10樓B&D室
電話：+852-2783-8102　傳眞：+852-2396-0050
初版一刷　2025年 02月
定　　價　新台幣 190 元
Published and printed in Taiwan

ISBN 978-626-7542-14-9

魔豆

魔豆